私の家では何も起こらない

恩田 陸

角川文庫
20053

目次

私の家では何も起こらない　5
私は風の音に耳を澄ます　29
我々は失敗しつつある　51
あたしたちは互いの影を踏む　73
僕の可愛いお気に入り　93
奴らは夜に這ってくる　113
素敵なあなた　131
俺と彼らと彼女たち　151
私の家へようこそ　171
附記・われらの時代　187

文庫ダ・ヴィンチ版あとがき　200
恩田陸×名久井直子　作品解説対談　204

私の家では何も起こらない

私は壁の絵を見ている。

彼の頭の後ろに掛かっている絵を見ている。

それはひとえに私が退屈しているからなのであるが、彼はいっこうにそのことに気付いてくれない。

私は冷めた紅茶を一口飲み、欠伸《あくび》を嚙《か》み殺す。

「よく思い出してみてください。叔母《おば》様は何か言い残していませんでしたか」

彼は何度も繰り返した質問をもう一度たどたどしく口にする。

「いいえ、何も」

私も根気強く同じ返事を繰り返す。

返事をしながらも、私はほとんど上の空だ。彼の頭の後ろの絵や、レースのカーテンの向こうに浮かぶ木の枝なんかを見ている。

穏やかな午後だ。いつもどおりの静かな午後。鳥も鳴いているし、お気に入りの画集はどこかで広げたまま。私はこんな世界を愛しているのだが、こうして時々誰かが訪ねてきては私の午後を潰《つぶ》していく。

もちろん、私は追い返したりはしない。お客様は大事にするものだ、と母は言った。たとえ不吉な知らせを持ってきた訪問者であっても、ドアを開けなければならないのだ、とも。

テーブルクロスはミモザの柄だ。淡い黄色の花の部分も、随分長い間使っているので色褪《いろあ》せてしまい、既に消えかかっているところもある。その消えかかったミモザの花を見ていると、なぜか子供の頃に持っていたハンカチのことを思い出す。そのハンカチは地図になっていて、マンハッタンの高層ビルの名前がぎっしりと書いてあった。字の沢山入っているハンカチというのは使いづらいものだ。なんとなく、手にインキがつきそうな気がするし、高層ビルで手を拭《ぬぐ》っているところは想像しにくい。

「それでは、あなたは聞いていらっしゃらないというんですね？　あの姉妹の件は」

彼は分厚い眼鏡を指で何度も押し上げ、背が高いくせに椅子の中から上目遣いで私を見る。

私は「ええ」と鷹揚《おうよう》に頷《うなず》いた。

すっかり慣れっこになった説明を繰り返す。

「もう何度もお話ししましたけど、叔母がこの家を持っていたのは二十年も前のことなんです。そのあと持ち主を転々として、たまたま私の手に入った。本当に、偶然、売りに出ていたんです。それだけのことですわ。ご覧の通り、ただの古い家です。たぶん私が最後の持ち主になるでしょうね。私が買い取った時も、既に老朽化していて、取り壊して更地にするという話があったくらいですから」

「どうしてこの家を買い取ったんですか。こんな古い、率直に申し上げて不便な家を」

彼は唇を舐《な》める。乾ききった灰色の唇を舐める。

「趣味です」

私はあっさりと答える。

「古いものが好きなんですわ。最近の、ぴかぴかの家、ホースで水をジャッと掛けてもサッと乾いてしまうような家は嫌なんですよ。子供の頃、この家を訪ねた記憶もありますし、私にとっては居心地のいい家なんです」

私は紅茶を一口飲む。

「それに、ほら、私はあまり売れない作家なので、そんなに高い家は買えなかったんです」

少しばかり微笑んでみせた。冗談をサービスしたつもりだったのだが、彼はそうは思わなかったらしく、相変わらずいかめしい顔で、膝《ひざ》の上で両手の長い指を第一関節の先のところで交差させている。

彼はいつもこんなふうに指を交差させている。指を組むでもなく、膝の上で重ねるでもなく、この中途半端なポーズでじっと私の話を聞いたり、質問攻めにしたりするのだ。

「あなたのご本を読みましたよ」

彼は唇を舐める。

そろそろ午後も深くなったし、本当はスコッチでも舐めたいのかもしれない。しかし、私は彼に紅茶を振舞ったし、あえてそのことを尋ねたりはしない。

「生者と死者の交流。いつもそんなお話ですね。特に、ここに越してこられてからは、顕著にそういう内容のものが増えておられる」

私は肩をすくめた。

なぜかみんな、作者に「なぜ」と聞く。「なぜ、どうして」こんなものを書いたのかと聞く。私に言わせれば、そんなものが分かっていたら、誰も作家になぞなりはしない。中にはよほど深刻な体験をして、それに正面から向き合い乗り越えるために書いたという人もいるけれど、大部分の作家は「なぜ」書くのかなんて本人も分かっていない。むしろ、自分に「どうして」と聞きたいくらいなのだ。

「こういう古い家に暮らしていると、自然と過去のことを考えます。死者のことも。それが私の書くものに影響しているんでしょう。環境は作品に表れます」

彼は引きつった声で笑った。

笑っているのに、目は大きく見開かれて、露ほども安らぎがない。

もちろん、私は自分があまりにも当り障りのない、つまらない返事をしたことを知っているが、それが事実なので何も付け加えたりはしない。

彼はゆるゆると首を振った。

両手を広げてみせると、彼の指があまりにも長くて手が大きいので驚く。椅子に納まっている彼は、私とそんなに目の高さが変わらないというのに、彼が立ち上がるといつも見上げるような大男なのでその都度ぎょっとさせられる。

ラフマニノフがそうだったらしい。彼は病気で、末端肥大症の気があった。手が恐ろしく大きく、背が高いのに、身体はぐにゃぐにゃしていて、椅子に座るとすっぽりそこに納まってしまったという。

あのきらびやかな、彼でなければ全部の音符を押さえられないと言われた難曲の数々は、彼の病気から生まれたらしいのだ。

この男からはいったい何が生まれたのだろう。

「どうしてなんでしょうねえ。なぜ皆さんはこんな恐ろしい家に住んでいられるんでしょう。あなたなんか、何年も一人で住んでおられる。私には信じられない――こんな幽霊屋敷にね」

私の家は小さな丘の上に建っている。

丘の上の家。素敵な響きではないか。昔読んだ絵本の中の家は、どれも丘の上に建っていた。大抵、家の横にリンゴの木か何かが立っている。

私の家にも、ちゃんとリンゴの木が一本。この閉口しそうな古さを除けば、絵本に登場しても不思議ではない。

もっとも、実際に丘の上で暮らすのは結構大変だ。絵本には晴れた日しか出てこないけれども、丘の上の家は、吹きさらしという言葉でも言い換えられる、熾烈《しれつ》な環境にさらされている。低気圧が地響きを立てて通過する時の、雨や風に直撃される恐ろしさは、『ちいさいおうち』には書かれていない。

それでも、二段重ねのこぢんまりしたケーキのような家は、遠目には結構愛らしい。二階の小さな破風《はふ》、一階の小さなポーチを見る度に、愛情を覚える。

私は時々、丘の麓《ふもと》の壊れかけたベンチに座って、ずっとこの家を見上げていることがある。この家を遠くから眺めるのが好きなのだ。

どんな人が住んでいるのか。どんな生活をしているのか。自分の家を、物語の舞台にして何時間も想像する。そのうちふと、誰かが小さな引き揚げ戸を上げて、ひょいと顔を出すのではないかと錯覚する。

ここでは時はゆっくりと流れる。

丘の上の家の向こうで、雲が流れ、日が落ち、雨が降る。時間というのが主観的なものであるということを実感する。誰とも言葉を交わさない日が続くと、自分の声を忘れてしまっているのに気付くこともある。

時には壁にペンキを塗り、窓の隙間にパテを詰める。たまに雨漏りもする。

私はこの家と共に呼吸する。呼吸しながら、仕事をする。

丘の上の幽霊屋敷と呼ばれていることも知っているけれど、そんなものは誰もが子供の頃に聞く、トピックの一つに過ぎない。夏休みの日記の、最後のほうのページに登場するあれだ。夏の終わりの風物詩。

友だちと幽霊屋敷を見に行きました。きもだめしをしました。白い影が出てきて、僕たちは振り向かないで一生懸命逃げました。あれは何だったんだろうと後で話し合いました。僕たちが白い影を見た場所が、昔、妻を殺した男が首を吊《つ》った場所だったということです。

「叔母《おば》さんから何か聞いていませんか」

彼はしつこく聞いた。

「叔母さんが、この家を建てたんでしょう。家を建てた由来とか、変わった出来事とか、聞いた覚えはありませんか」

私は当惑した顔で首をひねる。

「さあ。私がこの家に来たのは本当に小さい頃でしたし、叔母は晩年、長い旅に出ると近所の人に言い残して荷物をまとめて出かけたきり、その後の消息は誰も知らないんですよ。もっとも、とっくに亡くなっていると思います。当時だって、かなりの歳だったんですから。どこかで客死したとか、そういうことなんじゃないでしょうか。手紙や日記も残っていなかったみたいだし」

彼は熱心に聞いている。前にもこの話を聞いたくせに。

叔母が、大きなスーツケースを抱えて出て行くところは、なぜか心のなごむ情景である。実際に見たわけではないのに、私の頭の中には、叔母のそんなイメージだけが残っているのだ。むしろ、最期を知らなくてよかったと思っている。私もそんなふうに思ってもらえたらな、と最近は考える。

「あなただけじゃないんですよ」

私は小さく溜息《ためいき》をついてみせる。

「きっと驚かれることと思いますよ。世の中に、いかに『幽霊屋敷マニア』という人種がいっぱいいるかお知りになれば」

そこはかとない軽蔑《けいべつ》と倦怠《けんたい》。

私は気のない素振りで彼に焼き菓子を勧めた。彼もまた、気のない素振りで礼を言って一切れ手に取る。

「彼らは写真を撮ります――わざわざセピア色に古く写るフィルムを使ってね。押しかけてくる人もいます。しつこくベルを鳴らし、中を見せろと言う。不思議な話がないか、聞かせろと迫るんです。それだけならばまだなんとかなります――もっと面倒なのは、霊がいるとか、呪われているとか言って、お祓《はら》いだの、降霊会だのをさせろと言う人たちです」

私はのろのろと喋《しゃべ》り続ける。

この話ももう彼にしていると思うのだが、彼は初めて聞くような顔をして聞いている。いつもそうだ。何度も観た映画を最初から観るような気分。

「本気でそう信じている人もいるし、中にはそれを商売にしている人もいます。どっちにしろ、迷惑という点では同じですね。ただの古い家、ただの住まいだということを納得してもらうのに随分苦労してきましたわ」

「そうなんでしょうか」

彼は真顔で反論する。真顔。そう、彼はいつも真顔だ。

「そうやって、人々が引き寄せられてくるというのは、やはり何かあると思いますがね。あなただって、そういう場所を知っているでしょう。明るい午後の陽射しを同じように浴びているはずなのに、なぜか暗い家。そこを通り過ぎる度、なんとなくいつも振り返ってしまう場所。どういうわけか入るのをためらわれる部屋。いつもテナントが入れ替わっている一等地のビル。そんな場所があるでしょう」

「確かにあります」

私は認めた。

「でも、私の家はそうではありませんわ」

私は珍しく彼の目を見て、心外だという気持ちを込めた。

何度こんなことを繰り返しただろう。彼らは皆同じ目をしている。

こうして私の午後を潰《つぶ》す連中は、自分がどんなに失礼なことをしているのか決して気付かない。おずおずと裏木戸を開けて入ってきて、あなたは恐ろしく醜いんですけど、どうしてそのことに平気でいられるんですか、あなたはこの世でも三本の指に入るくらい醜いんですよ、と言っているのと大して変わらないのだが、彼らはそうは考えていないらしい。

「あの姉妹は」

彼は私の視線を無視した。

「台所で倒れていたそうですよ」

彼は、そちらにチラリと目をやる。

小さなキッチン。最低限の設備しか付いていないけれど、私には使いやすい。窓も広く、緑の上を渡ってきた風が吹きぬけ、時には季節の花の香りもして――

「二人で殺し合ったんです。台所にある庖丁《ほうちょう》でね。二人して、バケツの中のジャガイモの皮を剝《む》いている途中でした。何がきっかけだったのか、どっちが先に絶命したのかは分かりません。仲のよい、物静かな姉妹だったそうですがね。ここに引っ越してきてから様子が変わったそうです」

彼の無遠慮な声が私の夢想を搔《か》き消す。

彼女たちは、バケツの中のジャガイモを、全部剝いてしまっていたのだろうか。

「そうですか。不幸ですね」

ジャガイモを全部剝いてしまっていたとしたら、単なる無駄な労働だったということになる。

「時として、一人よりも二人のほうが孤独を深めるものです。一人ならば気付かぬ不幸を、互いの姿を鏡として、合わせ鏡のように増幅させてしまうことがあるんです」

私はもっともらしく頷《うなず》いてみせる。

「台所は血の海で」

彼はお構いなしに続けた。

「なぜかオーブンには焼きたてのアップルパイがそのまま残っていたそうです。アップルパイの香りと血の匂いが混じりあって、ちぐはぐな感じがしたと」

彼は、時々昔のことを調べて、こうして披露しにやってくる。

この家の、私の知らない時代、私以前の持ち主の頃の話を。

彼はいつも探している。床のタイルや、二階への手すりに血の痕跡《こんせき》がないか。断末魔の記憶がどこかに残っていやしないかと。

私の愛するこの家、居心地のいい私の家のどこかに。

私は、ぼんやりと窓に目をやり、自分の顔がガラスの中から私を見ることに気付く。

もう日が暮れてきた。彼の影が、彼の後ろの額縁のガラスに映っている。彼は全く引き揚げる気配がない。

「料理女の事件もある」

彼は続ける。

「老主人がここに隠居する時に連れてきた女が、近所から攫《さら》ってきた子を解体して、主人に食べさせていた。床下収納庫には、ジャムやピクルスの壜《びん》に混じって、子供たちの身体の一部がマリネされていたとか」

いつまでこんな話を聞いていなければならないのだろう、と私は考えている。

窓ガラスに映った私の顔は、とっととこの男を追い出すのよ、と私に目配せをしている。

そうね。そろそろ夕飯の支度を始めたいところね。今夜はタラのサフラン風味のシチューを作る予定だったんだもの。

私がそう呟《つぶや》くと、ガラスの向こうの私が答える。

そうそう、冬のカーテンも縫わなくちゃね。カーテンって、いつも想像してるよりもたっぷり時間が掛かるものだし。

タラでよかったわよ。不幸中の幸いというやつね。牛肉だったら、煮込むのに時間が掛かるから。タラならすぐに煮えるし。

私の床下収納庫にも、もちろんジャムやピクルスの壜が入っている。

あの心躍る楽しい作業。壜を煮沸し、自然乾燥させる。木の葉や枝の切れっぱしの残るぴかぴかの果実を丁寧に洗う。

初夏や初秋の午後いっぱいを使って、鍋《なべ》でとろとろに煮込んだ甘い匂いのする時の恵みを、一つ一つ封じ込んでいく楽しさを、目の前の男は知らないのだろう。

お砂糖で煮た果物、酢漬けにした野菜。女にはとても愛《いと》おしく親しみのあるものなのに、男はどちらも下等なもののように見下し、自分たち高等な男には無縁だという顔をする。もっとも、彼らはそのツケを、のちのち心臓病や脳疾患でまとめて払うことになるわけだが。

私が爽《さわ》やかな風を感じ、甘いジャムを煮る匂いを思い浮かべていると、彼が憎々しげに私を見た。

「私はね、あなたがそんなに平気にしているのが不思議でたまらないんですよ。こんな恐ろしいところで、至って正気のまま毎日ここで暮らしていることがね」

彼は苛立《いらだ》ちを滲《にじ》ませる。

余計なお世話だ、と思うけれど、私は母の教えを守って、思ったことを口に出したりはしない。

「あなたのおうちは幽霊屋敷じゃないんですか」

私が言葉に込めた揶揄《やゆ》に気付いたらしい。

「私は、幽霊屋敷マニアなどではない。心霊写真を喜ぶ若者と一緒にしないでほしい。本物の幽霊屋敷を探しているのだ」

彼の声が、かすかに震えた。

「私も不思議でたまりませんわ」

私は、ズッ、と無作法な音を立ててカップの底の紅茶を飲み干した。

「幽霊をお探しならば、軍人墓地でも戦没者墓地でも、幾らでもお望みの場所があるでしょうに。私には、戦場で正気でいるほうがよっぽど奇妙なことだと思いますが、殿方はそうは考えないみたいで」

「あれは、違う」

彼は、声を荒らげた。

「あれは、正気ではない。狂気だ。国家の大義がある、というだけの狂気だ。あれは、違う。あそこでの死は、記号なのだ。あそこに本物の幽霊はいない。あんな形式化されたセレモニーに、幽霊の入り込む余地などない」

彼は唾《つば》を飛ばし、目をぎらぎらさせる。

人が見たら、この男のほうがよっぽど幽霊のようだと思うに違いない。

私は窓ガラスに目をやる。

もううんざりだわ、ねえ。

私は立ち上がる。

「そろそろ、夕飯の支度を始めたいのですが」

「もう一度、もう一度、チェックしてみよう」

彼も立ち上がったが、それは帰るためではなさそうだった。

「暗くなりますわ。暗くなると、帰り道が分かりにくくなるし、足元が悪いので危険です。この辺りの丘陵地は、見晴らしがいいようでいて、実は死角が多いんですよ」

私はやんわりとそう述べたが、彼はきょろきょろと部屋の中を見回し、そのうち犬のように鼻を鳴らしそうだった。

「この気味悪い絵。よくこんな絵を掛けていられるな」

彼は吐き捨てるように言った。

私がさっきから、彼の頭の後ろに見ていた絵だ。

「叔母《おば》が若い頃に描いたスケッチですよ」

私はあきれた。

叔母がかつてこの家を描いたスケッチだ。私がよく丘の麓《ふもと》から家を見上げる位置から描いたものだろう。リンゴ、イチジク、小さな破風とポーチ。

二階の窓に、小さな人影が見える。まあ、家を描いたら、住む人だって描き入れたいだろう。この絵のどこが気味悪いのか。

「別に、窓の人影が増えたり、消えたりはしません」

「台所はどうだ。床下は」

彼は台所に駆け込む。

夕暮れの光に沈み始めたキッチンは、確かに一瞬血の色のように染まって見えたが、しょせんは夕陽の悪戯《いたずら》だ。

彼は、私に断りもなく、床下収納庫の撥《は》ね上げ戸を開け、ピクルスやジャムの壜を一つ一つ取り出しては検分している。

どこの誰なのかロクに知らない男が、女の聖域とも言える台所で女の秘密とも言える保存食の収納場所を開け、ジャムのラベルの日付を必死に読んでいるのを見ていると、奇妙な心地になる。

血のような夕陽の中で、この男は、どんな理由かは知らないが、幽霊を必要としている。ただ少年のようにひたむきに、幽霊屋敷に恋い焦がれている。

きっと、彼がここに住めば幽霊屋敷になるのだろう。

私はそんなことを考える。彼が住めば、絵が動き、床下に血が溢《あふ》れ、二階からは鎌を持ったベビーシッターが忍び寄る。やがては彼も明け方、庭のリンゴの木で首を吊《つ》り、この家の過去に埋もれた死者の一人になる。彼の望みはそれなのだ。

しかし、それは彼の家の場合である。

ここは私の家だ。私の住む、とても居心地のいい私の家。私の住む家では、そんな不吉なことは何も起こらない。

彼はジャムの壜を出しっぱなしにしたまま、今度は廊下に駆け出る。階段を駆け上がり、あちこち戸を開け、壁を叩《たた》き、また階段を駆け下りる。

最悪だ。これまでで一番ひどい。これなら、祈禱《きとう》を上げられたり、香を焚《た》かれたりされたほうがまだましだったような気がする。

私は台所で、うんざりしながらその音を聞いていた。

「ここだ。ここだ」

彼は熱に浮かされたように呟いていた。

私はジャムとピクルスに日が当たらないよう床下に詰め直してから、廊下に出た。とにかく、最後までつきあってやらない限り、この男は帰らないに違いない。

階段の下の暗がり。

大きな影が棒立ちになっていた。

煤《すす》けた壁のシミの前で、彼はガタガタ震えている。

「今度は何です」

私はからかうように声を掛けた。

「ここに死体が埋まっている。何十年も前のままだ」

「『黒猫』ですか」

私は腕組みをし、柱に寄りかかって彼の背中にそう言った。ここで「大鴉《おおがらす》」でも暗唱してやれば雰囲気は完璧《かんぺき》なのだろうが、そこまでサービスする気はなかった。この家はアトラクションではないのだし、第一「大鴉」はうろ覚えで、ちゃんと暗唱できるかどうか自信がなかったからだ。

彼は、背中を向けたまま動かない。

この男は、立ち上がるとこんなにも大きい。椅子に座っていると、あんなにコンパクトに折りたたまれているのに。

「そろそろ」

「ここに埋めたんだ」

私が声を掛けようと身体を動かした時、男が呟《つぶや》く。

「あんたの叔母さんを」

彼は振り向かない。

私は呼吸を止め、彼の声に聞き入る。

「一緒に旅に出ようと誘って」

ほとんど独り言のようだった。

「小金を持っているように見えたんだ」

彼は壁に向かってぼそぼそと呟いた。

「あの日の朝、あんたの叔母さんは、この家をスケッチしていた。丘の麓で。たぶん、あの気味悪いスケッチは、あの時の絵だ。分からない。なぜ二階に人影を描いたのか。あの人影は、女に見える。少なくとも、俺じゃない。あの時二階にいたのは誰なのか」

私はぽかんとして彼の話を聞いていた。

彼は幽霊を求めている。彼だけの幽霊を。彼は幽霊屋敷に住みたがっている。この話が本当だという保証はない。

血の色をした夕陽が、階段の暗がりを見つめている彼の背中を染めている。

彼はそっと私を振り向いた。

目が合った。

彼の目は、これまでで最も正気に見える。

彼は、そろそろと手を上げ、両手の指を第一関節から先で交差させる。

祈りでもなく、恫喝《どうかつ》でもない、東洋の仏像のような印。

「この手で首を絞めたんだよ——この指で」

彼の指はとても長い。白くて、信じられないほど大きい。

ふっと彼の手から力が抜け、彼はだらりと両手を下げた。

私たちは随分長いことそうしていた。

「——やっぱりこの家は、幽霊屋敷だ」

彼はそう断言すると、一人で頷《うなず》き、挨拶《あいさつ》もせずに出て行った。

私はその背中を見送る。血の色の風の中を、彼は丘の麓に下りていく。


私はポーチに腰を下ろす。

平穏な時間が戻ってきて、家の中にはいつもの時間が流れ始めている。

柔らかな夕暮れの中で、叔母の面影を思い出す。丘の麓で、近所の川や坂道など、危ないところを教えてくれた。茨《いばら》やウサギの巣穴に引っ掛かりやすいところ、怖い犬のいるところ。

私には幸せな記憶、幸せな風景しか思い出せない。

彼らが幽霊屋敷と呼ぶこの家は、私には憩いの場所なのだ。

黄昏《たそがれ》に沈む景色は、何もかも溶かして、自分の手すら自分のものなのかどうか分からなくなってくる。

遠くでドン、という音が聞こえた。

車が曲がり角で、出合い頭に何かにぶつかった音だ。

私は顔を上げ、立ち上がり、丘の麓まで早足で下りていく。

壊れかけたベンチのところに立つと、夕暮れの風に乗って、悲鳴と叫び声が聞こえてくる。

たぶん、彼だろう。黄昏時の丘の道は危ないと言ったのに。彼の姿は夕陽に溶け、長いカーブを回りこんでくる車からは見えなかったのだ。

心地好《よ》い風が頰を撫《な》でる。

そう、生者の世界は恐ろしい。どんなことでも起きる。どんな悲惨なことでも、どんな狂気も、それは全て生者たちのもの。

それに比べれば、死者たちはなんと優しいことだろう。過去に生き、レースのカーテンの陰や、階段の下の暗がりにひっそりと佇《たたず》んでいるだけ。だから、私の家では決して何も起こらない。

私はそっと振り返り、丘の上の自分の家を見た。

二階の窓に一人の女が佇んでいて、こちらを心配そうに見ている。

私はゆっくりと頷いてみせた。

女は、それを確かめたかのように、そっと部屋の中に引っ込んでいく。

私はかすかに身震いをした。風が冷たくなってきた。そろそろ私の家に戻り、タラを煮なければならない。

私は風の音に耳を澄ます

風の音が変わると、季節が変わる。

そう気付かされたのは、ここ半年くらいのことでした。

春の風は気まぐれです。ひゅうひゅう神経質に吹き付けたかと思うとぴたりと止み、今度は長閑《のどか》にそよそよ吹き始める。夏は決まって夕暮れの手前から吹き始め、草の匂いがして開けっぴろげな性格の男の子みたい。そして、秋は憂い顔で哀しげに、迷子のように頼りなく空をさまよいます。

確かに季節は移ろってゆく。

そんなことにすら感慨を覚えるようになったのは、私が歳を取ったせいなのでしょう。自分では動けないせいか、感覚が以前よりも鋭敏になったような気がします。かすかな光でも気温を感じとれますし、遠くの鈍い足音でも感情を読むことができます。

今は、朝。

深まった秋の、明るい晴天の早朝です。朝もやの冷たい匂い。快晴のしんとした気配。こんな暗いところにいても、私はちゃんと外の様子を知っているのです。

ぱたぱたという足音が近づいてきました。

彼女です。朝食の準備にやってきたのでしょう。お湯を沸かし、トーストを焼くのです。

彼女の足音はいつもリズミカルで、大儀そうに足を引きずったり、イライラしたりすることはありません。てきぱきした、有能な主婦の足音です。私はこの足音を聞くと、一日が始まった、という気がするのです。

カーテンを開ける音がします。眩《まぶ》しい光が朝の台所に射し込むのが目に見えるようです。台所が明るいというのは素敵なことです。私の家では、ろくに手元も見えないような暗い半地下のじめじめしたところが調理場だったので、手伝いをさせられるのはあまり好きではありませんでした。いつも胸が悪くなるようなラードの匂いがぷんと立ち込めていて、換気もままならぬあの台所は、今でも思い出すと気分が悪くなります。

それに比べて、ここの台所は素敵です。

さあ、彼女がお湯を沸かし始めました。湯気が見えるようです。大きなお茶の缶の蓋《ふた》を開ける音。ポットにたっぷりお茶の葉っぱを入れて、スプーンでポットをかちんと叩《たた》く彼女の癖。

ジャムにピクルス。朝の定番です。

甕《びん》の蓋を開ける音がします。この瞬間、私はいつもどきどきします。もしかすると、私を出してくれるかもしれないからです。更に注意して耳を澄ましていると、彼女の足音が近づいてきました。期待が膨らみます。

パッと頭上が明るくなりました。

彼女が戸を開けたのです。久しぶりのことです。突然だったので、ますます秋の陽射しが眩しく感じられます。慌てて外の空気を吸い込もうとしますが、彼女の手は私の隣にあった甕をつかみ、たちまちサッと戸は閉ざされてしまいました。今日も外には出られないようです。残念ですが、陽射しを見られただけでも嬉《うれ》しいと思わなければなりません。

彼女がお皿にピクルスを取り分けています。

トーストの焼ける匂い。

遠くから、かすかに軋《きし》む車輪の音が聞こえてきました。

旦那《だんな》様が、起きてこられたのでしょう。静々と車椅子が近づいてきます。

慌てて彼女が旦那様を迎えに行く気配がしました。旦那様は、ほとんど目が見えないのですが、家の勝手は大体分かっているので、自由に移動することができるのです。

二人の食事の音が聞こえてきました。

いつもどおり、和やかな朝食。

旦那様はピクルスと茹《ゆ》でて冷たくした肉が大好き。食事には欠かしたことがありません。ゆっくりとピクルスを噛《か》む音が途切れずに続きます。

私は温かい湯気を感じます。そして、かつて自分が住んでいた家を思い浮かべます。暗くじめじめした空気、弟の泣き声、裸足《はだし》をかすめるネズミの体毛。

中庭では一日中、洗濯をする女たちが流す水の音が響いています。

私たち子供は、日が暮れるまでくたくたになって市場で荷車を押し、帰って空腹のまま寝床に倒れ込むのです。

まどろむと、いつも嫌な夢を見ました。その頃、町には人さらいがいました。近所の子供が次々といなくなり、どこか遠くに売られていくのだと聞かされました。そいつは黒い服を着た毛むくじゃらの大男で、歯はぎざぎざで、黒い鍔広《つばびろ》の帽子をかぶっているのだそうです。

突然、隣でぶつぶつ呟《つぶや》く声が聞こえます。

僕、帰らなくちゃいけないんだよ。靴紐《くつひも》を数えなくちゃならないんだ。靴紐を数えないと叱られるんだよ。

舌ったらずであどけない、けれどどこかイライラさせられる声です。

私は知らんぷりします。この子は、名前も知らないのですけれど、目を覚ますといつもこんなふうにずっと独り言を言っていて、私が話し掛けてもちっとも返事をしてくれないからです。きっと私よりもおちびさんなのでしょう。時には一日中ひっきりなしに同じことを呟いているので、うんざりしてしまいます。

分かっています。うんざりするのは、この子の声を聞いていると、弟の泣き声が頭に浮かんでくるからです。いつも目の下に隈《くま》を作って、恨めしそうに泣いていた弟、がつがつしていて、私のスープをいつも横取りしていたくせに、それでも私にまとわりついて、いかにも私が意地悪をしているかのように周囲に訴えていたあの子。

母はいつも、弟の泣き声を聞くと私をぶちました。いいえ、私は知っていました。母は単に私をぶちたかったからぶったのです。何かを押し殺すため、何かをあきらめるために母はいつも私をぶちました。ええ、朝から晩までほんの少しの肉の塊とパンのために働いていれば、そんな瞬間が訪れることは私も知っています。母はこれからもあの台所から出ることはできないでしょう。そして、私も大人になったら、同じように暗い台所でラードを炒《いた》め、足にまとわりつく子供をぶつのでしょう。私の周りにいた大人たちは、そうしてあのごみごみした町の隅っこで生きていくのです。

私はいつのまにか昔のことを考えているのに気付き、ハッとします。

どうしてまた、あんな嫌なことを思い出してしまうのだろう。今は暖かく安全なこの家にいるのだから、もう昔のことを考えるのはやめよう。

彼女と旦那様の朝食は続いています。

テーブルクロスは朝日に輝き、真ん中には小さな花が飾られているでしょう。テーブルの上にはいつものゆったりとした時間が流れているのでしょう。朝日の中でお天気の話をする二人を想像しているとなんだかホッとします。

僕は帰らなくちゃ。靴紐を数えなきゃならないんだよ。

また、隣であの子が呟きます。

私は無視することにしました。

この子は私よりもあとに来たのですけれど、ちっとも自分がどこにいるのか分かっていないようです。ご馳走《ちそう》を食べて、身体を綺麗《きれい》にしてもらったことなどすっかり忘れて、つまらない靴紐の話しかしません。

和やかな声が聞こえてきます。

二人が静かに笑う声。

ああ、なんと平和な光景なのでしょう。今日も明日も同じ日が続くと信じている人だけが立てられる笑い声です。

旦那様は、とてもお金持ちだそうですが、息子さんに事業を譲って、静かなこの村に越してきたそうです。彼女は長年結婚もせずに旦那様に仕えてきたので、そのまま一緒にここにやってきたのだそうです。

彼女は本当に旦那様のことを尊敬しているのでしょう。旦那様に尽くしていれば幸せ、という感じが伝わってきます。

でも僕は帰らなくちゃ。

神経質な呟きが聞こえます。

その声に、私は帰りたくないわ。

私はイライラし始めました。ああ、この子をさっさと彼女に連れ出してもらいたい。そうすれば、私はゆっくりと二人の会話を聞いていられるのに。彼女が分け隔てしない人だと知ってはいても、いつもこの子が私の隣にいてお守《もり》をさせられるのには納得がいきません。

朝食が済んで、後片付けが終わると、居間に移って彼女は声に出して本を読みます。旦那様は元々本を読むのが大好きだったそうで、本当は学者さんになりたかったのだそうです。けれども、先祖代々の商売を継がざるを得ず、やっと息子さんに引き継いだと思ったら、目が悪くなってしまったのだそうです。

皮肉なものね、と彼女は言いました。皮肉、という言葉の意味は分かりませんでしたが、その声には愛情が含まれていましたし、私も旦那様を気の毒に思いました。

私は一生懸命耳を澄ませます。

彼女がゆっくりと本を読む声を聞いていると、とても穏やかな気分になります。内容はほとんど分かりません。これが詩、なのでしょうか。難しいことを言っているのだということだけは分かりますけれど。

彼女のこの声。

初めて会った時のことが思い出されます。

最初、彼女の顔は見えませんでした。

私は、町外れの道端に転がっていたからです。

あの時は最悪の気分でした。風邪をひいていたので全身が痛くて、家の隅に座っているのがやっとだったのですが、家でじっとしていたら母にどんな目に遭わされるか分かりません。なんとかよろよろと出かけていったものの、悪寒がするばかりで市場で荷車を押すどころではなく、お金を一枚も持って帰れなかったのです。

母は信じられないくらい怒りました。何度も顔を殴られ、ひどくお腹を蹴《け》られて、私はあまりの痛みに気が遠くなりましたが、それでも母の凄《すさ》まじい怒りが収まりそうになかったので、とにかく逃げ出さなければと思ったのです。

どこをどう歩いてきたのか分かりません。

どぶの匂いが近づいてきたと思ったら、私は倒れていました。目が腫《は》れ上がってとても熱く、開けることができません。お腹も痛みます。金気《かなけ》のする味がしたので、鼻から血が出ているのが分かりました。

目の前のものが二重に見え、通り過ぎる人の足もぼやけた柱にしか見えません。サッと視界が暗くなりました。

私の上に誰かがかがみこんだのです。大人の女性だということは分かりましたので、母だったらどうしようと、とっさに顔を覆いました。

けれど、その人は私を優しく抱き起こすと私の顔を拭《ぬぐ》い、手当てをしてくれました。そんなふうに優しく触れられるのは初めてだったので、震えてしまったくらいです。

更に彼女は私の手を取って町を出たところに停まっていた車に乗せ、遠い丘の上のこぢんまりとした家に連れていってくれたのです。

車なんていうものに乗るのは初めてでしたし、自分の足を使わなくてもどこかに着けるなんて夢のような体験でした。

夢のような体験は、居心地のいい家の中に入ってからも続きました。

温かいお風呂《ふろ》と柔らかいソファ、野菜とお肉の入ったスープ。

彼女はもう一度ゆっくり傷の手当てをしながら私の話を聞いてくれました。いつも母に殴られること、いつも私に意地悪をする弟のこと。具合が悪くて市場でお金をもらえず、蹴られて逃げてきたこと。

それから？　それから？

彼女の目は静かでした。いったいこの人は幾つなのでしょう。とても若く見えるのと同時に、ひどく年老いて見える瞬間があるのです。さっき、ものが二重に見えたのと同じような感じがしました。

弟さんは幾つ？　髪はどんな色をしているのかしら。背格好は？

私は聞かれるままに答えます。

いつのまにか、目の前には湯気を上げるミルクが置かれていました。

私はその湯気にうっとりしました。身体も綺麗になっていい気持ちですし、ミルクの柔らかい白い色を見ているうちに、吸い込まれるような睡魔が襲ってきたのです。

それからのことは夢うつつにしか覚えていません。

覚えているのは、遠くのほうで弟がぎゃあぎゃあ泣いていたことです。

私はぼんやりと目を開けました。

とても遠くに、弟が見えます。

相変わらず、弟は恨めしそうな目で私を見ていました。彼女がお風呂に入れようとしていましたが、その手に噛《か》み付き、彼女が小さく悲鳴を上げるのを聞きました。彼はテーブルの上のパンに飛びつくとがつがつと食べています。片手はさっき私が飲んでいたスープ皿に突っ込み、肉をつかんで口に放り込みます。

ああ、また私のパンを取られてしまった。

私は彼女を恨みました。

鼻の奥が涙でつんと痛みます。

ひどい、弟までこの気持ちのいい家に連れてくるなんて。ようやく暖かい場所に来られたというのに。またあいつは私のものを横取りしていくんだ。私にまとわりつき、私が何か貰《もら》うたびに、それを全部持っていこうとしているんだ。

哀しい気持ちで目を閉じると、弟の声は少しずつ遠ざかっていきました。

なるほど、性悪な子供だこと。うるさいからこちらからいただきましょうね。

そんな言葉を聞いたような気がします。


遠くのほうで、何やらゴトゴトと作業をする音がしました。薪でも切っているような、肉体労働の音です。ごとん、ごとん、と何か重みのあるものが床に落ちる音が響きます。それは市場で荷車を押す音に似ていて、私の身体がびくっと震えたのが分かりました。

車椅子の動く音が聞こえます。

誰かの声が聞こえます。他にも人がいるようです。

ぐつぐつと何かを煮る匂いがします。いつもの安いラードの、胸の悪くなりそうな匂いではありません。何か香草が入っているのか、ぴりっとした匂いがします。

泣いてばかりいたから、肉がちょっとパサついているけれど、柔らかく煮えたわ。

不思議なことに、彼女の声は、もう一人の誰かの声と違って、直接私の頭の中に響いてきます。私はその声に、自分の仕事に満足げな響きを聞きます。

そうなのね、よく煮えたのね。私は一緒に頷《うなず》きます。

私が次に目を開けると、彼女が私にミルクを差し出しています。

彼女の向こうのテーブルにぼんやりと何かが見えました。

大きなガラス壜《びん》に、何かが詰めてあります。野菜でしょうか。丸くて白いものを、どこかで見たような気がしたのですが。

さあ、これを飲んでぐっすりとお休み。何も心配しなくていいから。

私はその言葉に従いました。

翌日、私は、彼女と同じテーブルで一緒に食事をしました。

私はおどおどしていました。怪我の具合もよくなったし、彼女が私を母の元に帰してしまうのではないかと思ったのです。

暗い台所、水桶《みずおけ》から流される水、安ラードの匂い。

思い浮かべるだけで胸の底に重い塊を感じます。

けれど、彼女は私の気持ちを見透かしたかのように言いました。

好きなだけいていいのよ、お菓子も作ってあげる。ただ、家から出ては駄目よ。お母さんが探しに来るかもしれませんからね。

私はそれさえ聞けば満足でした。母に見つかるなんてとんでもありません。家から一歩も出るつもりはありませんでした。

彼女はとても優しくて、私はまたおいしいミルクを飲ませてもらいました。

家には車椅子に乗ったおじいさんがいました。朝ご飯を食べ、読書の時間が終わるとうとうとし始めます。

彼女は、眠っているおじいさんの脇で、小声で私に話し掛けました。

旦那《だんな》様が、彼女にとってどんなに大事な人か。初めて奉公に来てから、どんなふうに何十年も尽くし続けてきたか。いかに彼女が旦那様の好みを研究し、いろいろな食材を試し、その料理の味で旦那様を惹《ひ》き付けてきたのか。

話し続ける彼女の目はキラキラしていて、いつか見た、童女のような、老女のような、不思議な色に輝くのです。

彼女はにっこりと笑いかけました。

ちゃんと怪我を治して、おいしいミルクを飲んで、艶々《つやつや》の頬になりましょうね。そうすれば、あなたはとっても素敵な女の子になるわよ。

私は嬉《うれ》しくなりました。

はい、おいしいミルクを飲みます。艶々の頬になります。

私は彼女と約束しました。だって、そんな素敵なことを拒む女の子がいるでしょうか。私は家の中で大人しく過ごし、彼女に気に入られようと彼女の手伝いをしました。

床下の食糧庫には、彼女の漬けた野菜やジャムの大きな壜がぎっしり詰まっていました。中には何の野菜か分からないものも入っていましたが、彼女にはどこに何があるかちゃんと分かっているのです。

旦那様は、夕食にコールドミートを食べるのをとても楽しみにしていらっしゃいます。

彼女が切り分けたお肉を、ゆっくりゆっくり、味わって咀嚼《そしゃく》します。

その様子を見ていると、思わず私の喉《のど》も鳴るのですが、彼女はそれに気付いていても、そのお肉を私にはくれませんでした。私も、くれとは言いません。だって、あれは旦那様のお肉なのですから。

その夜、私はまた怖い夢にうなされました。

毛むくじゃらの大男が、黒い帽子をかぶって、家の窓から私のベッドを覗《のぞ》き込んでいるところです。あまりにもリアルで、私は自分が起きているのか眠っているのか分からなくなってしまったくらいです。

私が悲鳴を上げたので、彼女が飛んできました。怖い夢を見た、誰かが窓から覗いている、と叫ぶと、外を見に行ってくれましたが、誰もいないというのです。

ただの夢よ。

彼女は、私が再び眠りに就くまでじっと抱きしめていてくれました。

けれど、朝になっても私は怖くてたまりません。人さらいが近くに来ている。きっと私をさらってどこか遠くに連れていくつもりなんだ。

いいことがある、と彼女は言いました。

今夜、あなたはここに隠れていなさい。

彼女は、台所の食糧庫を指さしました。

確かに、町では子供がいなくなっているそうよ。人さらいは、町では見張られているから人さらいが難しくなって、きっとゆうべはここまで子供を探しに来たのよ。だから、この家に子供がいないと確認すれば、あきらめてどこかに行くでしょう。夜はここに入って眠ればいい。

それはいい考えに思えました。もし、夜中に人さらいが家に入ってきて子供を探しても、ベッドにいなければあきらめるでしょう。ここなら見つかりっこありません。

さあ、ここに入る前にもう一度温かいミルクを飲むのよ。これを飲めば落ち着くわ。

私は湯気の上がるミルクをたっぷり飲んでから、彼女が食糧庫の中に敷いてくれたシーツの上で丸くなりました。まるで、生まれてくる前の世界のように、その場所は落ち着きました。


それ以来、私はここにいるのです。

もうここでの生活にすっかり慣れてしまいました。ここを出ることなど、もう考えられません。時々、彼女が外を見せてくれるだけで充分です。ここならば、母も、弟も、毛むくじゃらの男もやってこない。世界一安全な場所なのだから。

隣の男の子も大人しくなりました。

読書の時間が終わったらしく、居間も静かです。また旦那様はうとうとしているのでしょう。これでまたしばらく、私も風の音を楽しむことができます。

彼女が歩いてくる音がして、いきなり頭上が明るくなりました。

彼女が、中の壜を一つずつ取り出していきます。

ああ、確認しているのね。私はぼんやりと明るい頭上を眺めながら考えます。

彼女は時々、晴れて穏やかな日を選んで、食糧庫の中に残っているものを調べるのです。食材を見極める真剣な目つき。私はこの目を見るとなぜかホッとするのです。

隣の男の子も出され、私も随分久しぶりに外に出されました。

いい子ね。

彼女は私に話し掛けます。隣の男の子にも話し掛けますが、もちろん彼は答えません。眠っているのかもしれませんが、どちらにしろ、彼は誰の言葉にも反応しないのです。

あまりの明るさに、私は眩暈《めまい》がしそうでした。

暖かく、安心できる食糧庫での生活にすっかりなじんでしまい、気恥ずかしく感じるほどです。

季節はすっかり秋。窓の外に紅葉した木々が見えます。

空の高いところで、絹糸に似た白い雲が並んでいます。

なんと、この世界は美しく平和なのでしょう。私はこんな穏やかな日々を愛していると、心の底から感じるのです。

が、その時、私の耳は何かを捕らえました。

恐ろしい直感が私を貫きます。

遠くから近づいてくる。何かがこちらに向かっている。何か恐ろしいものがすぐそこまで近づいているのです。

彼女もそのことに気付いたようでした。

ハッとして立ち上がり、小走りで玄関に向かいます。

急いで！　私は恐怖でいっぱいになります。

まさかまさか、こんな美しい日に。

必死に祈りましたが、駄目でした。

彼女が玄関に着くよりも早く、ドアが大きく開け放たれ、巨大な影が家に飛び込んできました。彼女が悲鳴を上げます。

大きな黒い影が、こちらに迫ってくるのを感じます。

黒い帽子をかぶった、黒い服の、不吉な影が。

影が叫んでいます。

「見たんだよ、あの車にうちの子が乗り込むところを。やっと見つけたよ、絶対にあの車だよ！　うちの子を、うちの子を！」

その獣の咆哮《ほうこう》のような金切り声には、聞き覚えがありました。それが、髪を悪鬼のように振り乱した私の母だと気付くまでに少しの間がありました。

「警察だ。車を見せてもらうよ」

「家の中も、探せ」

ドヤドヤと、荒々しい男たちの声がしました。突然侵入してきた彼らに、彼女が必死に抗《あらが》う声がします。

いったいなんですの、私たちが何をしたっていうんです、静かにしてください、旦《だん》那《な》様が眠っているんですよ。

そうよ、旦那様が眠っているの。私は頷《うなず》きました。

旦那様は本が大好きなのよ。

悪鬼のような母は、台所の入口でふと足を止め、こちらを見ました。

私と目が合ったのです。

久しぶりに見る母は、すっかり様子が変わっていました。目は落ち窪《くぼ》み、丸太のようだった身体はげっそりとやつれています。そのくせ視線は落ち着きなく攻撃的で、見たことのない動物みたいでした。

駄目よ、女の子は艶々の頰でなくては。

私はそう思いました。これでは、全然駄目。

母は、最初、きょとんとして私を見ていました。自分が娘と顔を合わせていると気付いていない様子です。

そうね、あなたは私の顔などろくに覚えていなかったものね、無理もないわ。

私は冷めた気持ちでそう思いました。

突然、母は後退《あとずさ》りをし、悲鳴を上げ始めました。獣よりもひどい、みっともない、馬鹿みたいな金切り声です。

やめてやめて。

私は不愉快な気分になりました。この素晴らしい一日を、そんな醜い声で台無しにしないで。

しかし、母の金切り声は止みません。

「どうだ」

「こっちで、一人年寄りが死んでます。男です。随分前に亡くなったようです。口に冷たい肉がいっぱい押し込んでありましたが」

遠くからそんな声がしました。

母は叫び続けます。

あまりの異様な声に、男たちが集まってきました。母は私を指さします。そこで初めて彼らも私に気付きました。隣の男の子にも。どこかに弟もいるかもしれません。

男たちが口を押さえ、蒼《あお》ざめます。彼らはさすがに母のような無作法はせずに、呻《うめ》き声をかすかに漏らしただけでした。

彼女が彼らを押しのけて台所に入ってきました。

私たちを守るように彼らの前に立ちはだかります。

なんです、人の家にいきなり入り込んで。何か文句がありますか。ただ食糧庫をチェックしていただけなんですよ。そろそろ次の食材を用意しなくちゃならないんですから。旦那様は味にうるさいので大変なんです。

毅然《きぜん》とした彼女の態度と対照的に、母は床にくずおれ、悲鳴を上げ続けています。

私はうんざりしました。

やはり、私はあの人のところに帰るわけにはいきません。あんなうるさい人と一緒では、風の音も、季節の声も届かなくなってしまいます。

そうよ、この世界を失うわけにはいかない。

私はそう訴えかけるように彼女を見上げました。

彼女も私を見下ろし、頷きます。

私はホッとしました。彼女にはちゃんと私の気持ちが分かっているのです。

私は、窓から射し込む光に目を細めました。

視界がかすかに揺れ、水を通して歪《ゆが》みます。

私の肉はミルクラムのようだ、と旦那様は誉めてくださいました。ですから私は満足です。今はこうして目玉や髪の毛や耳だけになっても、ガラス壜《びん》の中で永遠に平穏な時を過ごせるのですから。

我々は失敗しつつある

我々は、どうやら失敗しつつあるようだった――

そう――黄昏《たそがれ》迫る、この古ぼけた屋敷の、密《ひそ》やかな裏庭のポーチで。

始まりはどこだったろう。

確か、素面《しらふ》では決して辿《たど》り着けないどこかのパブだった。奇妙なことに、素面の時に探すと見つかったことがないのに、ほどほどに酩酊《めいてい》しているといつも足が向く、という名前も知らないパブである。

週末の夜。

店は暗く、陰気臭いのに、混みあっていた。大勢の人間が立ち飲みでわいわいやっているはずなのだが、店の天井の闇がひどく重く、その暗さが店全体の印象をなぜか陰々滅々としたものに見せてしまっているらしい。

しかし、そんなことは気にならず、私は店の隅でノームの置物のように和んでいた。私は微妙な高さで低めに安定している私なりの高揚感に包まれ、一人ちびちびとウイスキーソーダを舐《な》めていた。

が、やがて私はじりじりとこちらに近づいてくる影を感じた――本当に、ぼんやりとした影が、店の隅から、少しずつ私を包囲してくるように感じたのだ――それらの影は、どれも皆驚くほど似ていた。

ひょろりとした背の高い男。豊かな髪をした、上目遣いに人を見る女。中肉中背、黒髪と黒い髭《ひげ》が作り物臭く、木彫りの人形に色を塗ったように見える男。

彼らに共通するのは、知的で、落ち着いていて、ひどく正気であることだった。

いつのまにか、我々は小さなテーブルを囲んで熱心に話し合っていた。

最初は何の話題なのかよく分からなかったが、しばらくして唐突に理解した。

幽霊屋敷。

我々はその存在について討議していたのだった。

私以外の三人は、随分と「実在する」幽霊屋敷に詳しかった。少なからず、同じ場所を訪れているらしく、「ほら、あそこ」「ああ、去年行った」「本にも載っている」などと、頻繁に頷きあい、納得しあっている。どうやら、マニアの域に近いらしい。

蛇《じゃ》の道は蛇《へび》。

そう呟《つぶや》いた私に、三人はなぜか頑《かたく》なに、私たちは今日が初対面だと言い張るのだった。

「あなたは幽霊屋敷に行ったことはないの？　あなたの知っている幽霊屋敷はないの？」

鳶《とび》色の瞳《ひとみ》をした女が、じっと私を見つめ、上目遣いに尋ねた。

年齢不詳の女だ。意外に若い気もするし、意外に歳を取っているような気もする。

「ない、ない。そんな上品なものにお目に掛かったことはないね」

まだ低値安定の高揚が続いている私は、グラスを振りながら機嫌よく答えた。

「そうかしら。この州に住んでいて、幽霊屋敷に出会ったことのない少年なんて、生まれてこのかた出会ったことがないわ」

女は香水でも嗅《か》ぐように自分のグラスの中に鼻を近づけ、口角だけを上げてかすかに微笑んだ。それは、まるで子供が悪戯《いたずら》したことを知っている母親のような、確信に満ちた笑みだった。

私は落ち着かない気分になった。まるで、上級生に馬鹿にされるのが怖くて、体験してもいない性行為を打ち明けなければならないような心地だった。

そんな時、ひょいと記憶の底から一軒の屋敷が浮かび上がってきたのだ——本当に、ひょいと、長いこと開けていなかった机の引き出しを、何気なく引き出してみたかのように。

「そういえば」

私がそう呟くのを、彼らはずっと予想していたかのように受け止めた。

「それに似たようなものなら知っている」

「ほう。是非伺いたいものですな」

彼らは息を詰め、かなり呑《の》んでいるはずなのに限りなく正気のその目をキラキラと昏《くら》く輝かせながら私の話に聞き入った。

なんにせよ、ギャラリーが熱心だというのは話し手にとって心地好《よ》いものである。かくて、私はこれまでに話したことのない話をした——心の引き出しに封印していたあの場所の話を。

次の週末、我々は車の中にいた。

車を運転するのは黒髪と黒髭の男。助手席には地図を抱えた長身の男。そして、後ろの席には私とあの女である。

前の座席の二人は、時折真剣な顔で道順について話し合っていた。

低い雲がゆっくりと不機嫌そうに空を動いていた。どこからか、身震いするような隙間風が少しずつ吹き込んでくる。

いったい、どこでどうなってこの四人で殺風景な道路をえんえんと車で走るはめになったのか、私にはよく理解できていなかった。私の話した屋敷に彼らが異様なほどの興味を示したことは確かだった。しかし、それが社交辞令なのか、本気だったのかはよく分からなかったからだ。

だから、突然電話が掛かってきて、その屋敷を見つけたから一緒に行こう、と提案された時には明け方に見た夢が現実になってしまったような違和感を覚えた。そもそも、あのパブでの会話すら夢だと思っていたほどなのだから。

長身の男が、電話口で几帳面《きちょうめん》に予定表を読み上げた。予想される経費の合計額まで付け加えることも忘れなかった。

彼らは約束の時間ぴったりに迎えに来た。夢の中の印象と同じく、知的で落ち着いていて、ひどく正気だった。

いつのまにか私は車に乗り込み、いつのまにか車は薄日の射すがらんとした丘陵地を走っていた。

幽霊屋敷の探検は夏の夜が定番だと思うが、今は肌寒い冬の、ぼんやりした天気の昼間である。自分でもなぜここにいるのかよく分からなくて、私はひたすら車窓から外の景色を眺めていた。景色はさっきから三十分近く変わっていない。

「もう一度聞かせて。あなたが見た女たちはどんなだった？」

隣の女が前を向いたまま低い声で尋ねた。

私はまたしても落ち着かない気分になる。殺人事件の目撃者である小さな子供から、犯人の特徴を聞き出そうとする婦人警官に訊問《じんもん》されているような。

「いや、そんなに鮮明に見たわけじゃないんだけど」

私は気まずく咳払《せきばら》いをした。

「ただ、その事件は、地元では有名だった」

「これね」

隣の女は、こともなげに昔の新聞の切り抜きの写しを取り出した。

ふと、警戒心が浮かぶ。なぜこうも熱心で周到なのだろうか。

「アップルパイの焼けるキッチンで、鮮血の惨劇」

見出しは煽情《せんじょう》的だ。大衆紙のほうの切り抜きらしい。当時は大騒ぎで、マスコミや野次馬が遠く都会からも押し寄せたという。

女は瞬《まばた》きもせずに記事に見入っている。

「ある晴れた日の朝、そのむごたらしい事件は起きた。お菓子を焼きながら、ジャガイモの皮を剝《む》いていた二人の間にどんな会話が交わされていたのか。突如庖丁《ほうちょう》を互いに向け、キッチンで殺しあった姉妹。その屋敷に移り住んで半年足らず。二人の間にどのような確執があったのか」

女は歌うように呟いた。うきうきしているようにも聞こえる声だ。

「この二人を見たのね」

女は記事を私に突きつける。無表情で、髪をきっちりと結った、固太りの大柄な女のぼんやりした写真が二枚、並んでいる。これといって特徴のない顔だ。どちらも女としての魅力に乏しく、普段は他人に丈夫な家具のように扱われ、不透明な不満を溜《た》め込んでいても、本人も気付かず、周囲にも見過ごされてしまいそうな顔。

「ああ、この二人だった」

俯《うつむ》いた女。手にはシミの付いた庖丁。

「顔はよく見えなかった。二人とも大きく首を曲げて俯いていたから」

「大きく首を曲げて」

女は満足そうに、うっとりと呟いた。

「ただのっそりと立っていた」

「そうなの、のっそりと」

女は私の言葉を繰り返し、大きく頷《うなず》いた。

その屋敷が現れた時、奇妙な気分になった。

丘の上にぽつんと見える黒い塊。

「あれだ、あれだ」

「雰囲気あるな」

前の席の二人が、興奮を抑えながら小さな歓声を上げる。

本当にあった。

私自身が懐疑的だった。子供の頃に入り込んだ幽霊屋敷の存在など、本人ですら信じていないものではないか。

しかし、時折弱々しい冬の光が地面を照らす丘の上に、その家は建っていた。

彼らが言うほど「雰囲気ある」とは思えなかった。ただの古ぼけた、貧相で地味な屋敷である。屋敷と言えるのはその仰々しい様式だけで、規模も小さく威圧感はなかった。見た瞬間、興味を失ったくらいだ。

しかし、車のドアの閉まるバタンという音で私は我に返った。

頷きあい、限りなく正気でその屋敷に近づいていく三人の背中を見ながら、ようやく私は後悔し始めていた。

このような不動産物件が現在も生き延びていること自体驚きだった。

鍵《かぎ》が掛けられ、鎖を巻かれた小さな門扉には「FOR SALE」の看板と、電話番号が書かれていた。不動産屋も強気だ。まだこの家を売るつもりなのか。

私は恐る恐るその家を見上げた。いったい築何年なのだろう。

一歩下がったところにいる及び腰の私に比べ、彼らは目を輝かせて身を乗り出し、舐《な》めるように屋敷の外観に見入っている。

「意外としっかりした造りだよ」

「まだまだ五十年はもつね」

彼らは私の心に浮かんだ疑問に答えるかのようにそう呟《つぶや》いた。

確かに、塗りは剝《は》げ、手入れは為《な》されていなかったが、モノは悪くなさそうだった。いい建材を使っているのだろう。

屋敷は静まり返っていた。その存在自体が静寂だった。

真っ暗な窓ガラスに、流れる雲が映っている。

「この中に入るのかい？」

そう声を掛けた時、彼らは既に鎖を切り、鍵を器用にこじ開けていた。じゃり、という鎖が地面に落ちる音。

「おいおい、不法侵入だよ」

ずんずん入っていく彼らに、私は慌ててそう呼びかけたが、彼らは横顔でチラリと笑っただけで、既に玄関の鍵に取り掛かっていた。

「幽霊屋敷を愛する者ならば、これくらいは常識さ」

黒髪の男が、小さな黒いケースを開けて、錠前破りの七つ道具と思《おぼ》しきものを少し自慢げに私に見せたので、私はあきれて黙り込む。

彼の腕は確かなようで、玄関の鍵は簡単に開き、しかも不自然な力を加えられたようには見えなかった。

「帰る時にはきちんと閉めていくよ」

彼は私にウインクしてみせた。

ドアは驚くほど滑らかに開いた。建て付けは悪くないということなのだろう。

「空き家だとは思えないわね」

女の呟きが、我々侵入者の気持ちを代弁していた。

不自然なほどに、中は普通だった。廃屋の持つ密封された空気感や、カビ臭さや、荒《すさ》んだ気配がない。

まるで、つい最近まで人が住んでいたかのように。

不思議そうに周囲を見回す女。

「不動産屋が換気してるのかしら」

「まさか。門扉の鍵は錆《さ》びついてたぜ」

口々に感想を述べながら、彼らはそれぞれ家の中に散っていった。

遠ざかる足音を聞きつつ、私は一人玄関にぐずぐずと残っていた。誰かの留守宅に侵入しているようで、気後れがしたからだ。

――そうだ、それほど、ここは生々しい。

ギシ、という音を聞いたような気がした。

彼らのうちの誰かの足音だろう。

視界の隅に見える廊下の窓の影の中を、何か黒いものが横切った。

やがて、静かになり、私は手持ち無沙汰《ぶさた》のあまり欠伸《あくび》をした。

遠くで鳴く鳥の声が聞こえ、私は怪しみ始めた。三人が散っていってから、かなりの時間が経過している。

三人もの人間が狭い屋敷を探索しているのに、なぜこんなにも静かなのか？ 足音だってほとんど聞こえてこないのだ。

私はじっと耳を澄ませた。

しかし、屋敷全体が押し黙り、何の音も聞こえない。

よせ、中に入るんじゃない、ここでじっとしていろ。

そんな自分の声を聞きながらも、私はそろりと中に踏み出していた。

居間と書斎から始め、バスルームと納戸を覗《のぞ》く。

埃《ほこり》は積もっていたものの、不潔感はなく、恐怖は感じなかった。

問題は、彼らの姿が見当たらないことだった。

「おおい」

声を上げてみるが、壁に吸い込まれ、返事はない。

続いて二階に上がるが、どの部屋にも誰もいない。中はどこも片付けられている。

売りに出ているのはどうやら冗談ではなさそうだった。クローゼットを開け、ベッドの下まで覗いてみたが、やはり人っ子一人、猫一匹見つからなかった。

どういうことなのか。

私は少しずつ身体が冷たくなるのを感じていた。冷たい、嫌な汗が背中を濡《ぬ》らす。かつてもこんな感覚を味わったことがある。最初は何ともない、ただ好奇心だけで家の中を歩き回っていたのに、やがて空気が変質し始め、異様な場所へと変わっていくあの感覚を。

階段をのろのろと降りながら、私は無意識のうちに足を止めていた。

甘く、香ばしい匂いに気付いたのだ。

全身を揺さぶられるような感覚。


そうだ、あの時もこの匂いを嗅《か》いだ。


オーブンから流れてくる、焼きあがる寸前のアップルパイの匂い。

歳月が巻き戻される。少年の自分が、アップルパイの匂いに引き寄せられて、ゆっくりと階段を降りていく。

そうだ、それから俺はキッチンに向かった。

あの惨劇の部屋——晴れた日の朝、ジャガイモの皮を剝《む》いていた二人がその庖丁《ほうちょう》を互いに向けた場所——朝日にきらめく刃。

行きたくないのに、足はその場所に向かっている。

大人の私と、かつての私が重なりあって、今また光の射し込むキッチンの入口に立つ。

そこに、彼らがいた。

薄暗い、午後も深い古いキッチンに、彼らはいた。

長身の男、黒髪の男、豊かな髪の女。

三人それぞれが部屋の隅に、ぴったりと張り付くようにして立っていた。

しかし、表情は見えない。

大きく首を折り曲げ、俯《うつむ》くようにして、部屋の隅にじっと立っている。

いつのまに、三人ともこのキッチンに集まったのだろう。

私はそんなことを考えながら、家具のように壁にくっついている三人をおずおずと見回した。

「こんなところで何をしてるんだ？」

私は声を掛けた。大きな、荒々しい声だったので、自分で驚く。

と、三人が揃ってずいっと一歩前に踏み出したのでぎょっとする。

首は折り曲げ、俯いたままだ。女の豊かな髪がばさっ、と揺れる。

三人は一歩ずつキッチンの入口にいる私に向かって歩いてくる。女の髪がその都度ばさっ、と揺れる。

オーブンから白い煙が上がっている。

もうすぐアップルパイが焼き上がるのだ。甘く生き生きした、香ばしい焼き菓子の匂い。

「もうすぐパイが焼ける。こんなところで何を？」

私は脈絡のないことを口走っていた。

また一歩、ずいっと三人が近づいてきた。女の髪が揺れる。

「パイが焼けてしまうぞ」

私は大声で叫んだ。

部屋が少しずつ暗くなってきている。天井の闇が徐々に重く、喧騒《けんそう》を覆い隠すように頭上に立ち込める。

私は名前も知らぬパブの中にいて、一人ご機嫌で黒ビールを舐《な》めていた。

時折、不思議そうに店の中を見回す。

この店はどうしてこんなに暗いのだろう。こんなに人がいるのに、高い天井の闇が彼らのざわめきを押し潰《つぶ》してしまっているかのようだ。

ふと、店の隅から誰かが近づいてくるのを感じる。

ちょうど、店のそれぞれの隅から、誰かが一定の速度でじわじわとこちらに向かって距離を詰めてくる。

現れたのは、なんとなく印象の似た三人の男女だ。知的で、落ち着いていて、ひどく正気な三人。

喧騒の中で、三人の話し声が聞こえてくる。

「このあいだ、面白い屋敷を見ましたよ」

「へえ、どこです？」

「一階には一切窓がないんです。二階にはあるんですがね」

「それは珍しい」

「実はね、この家は、二階建てと見せかけて平屋建てなんです。天井が異様に高くてね。主人が病的な人間嫌いで、何が嫌かというと、家の前の道路を不特定多数の人間が通るのを目にするのが嫌だというんですなあ。見知らぬ他人が不意に目の前を横切るのがどうしても許せないんだそうです。だから、三面が道路に面したこの家は、一階に窓がない」

「ほほう、面白い」

「だけど、つい半年前に行ってみたら、もう潰されていて、ただの道路になっていましたよ。もったいない。最近、こういうことばかりだ」

「このごろはなかなかいい物件にめぐりあえなくて」

「この男はどうだろう。我々のことを覚えていないようだが」

「今度は成功させましょう」

「今度こそは」

「今度こそは」

彼らの会話の内容はよく分からなかったが、しばらく聞いていて、どうやら幽霊屋敷の話をしていると気付く。奇妙な連中だ。そういうもののマニアがいることは知っていたが、こんなにきちんとした立派な大人があれこれ各地の幽霊屋敷について熱心に語り合っているのを見ると不思議でたまらない。

「この州に住んでいて、幽霊屋敷に出会ったことのない子供なんて信じられないわ」

豊かな髪をした鳶《とび》色の目の女が私をどぎまぎさせる。

私は、幽霊屋敷の話をしなければならないと思う。したこともない性行為を上級生に打ち明ける時のように。

子供の頃住んでいた町に、いわくつきの屋敷があった。

持ち主が次々と替わり、過去にいくつか忌まわしい事件の起きている屋敷だ。

ある夏の午後、少年たちがよくする賭《か》け——ちっぽけな自尊心となけなしの勇気を試す、そして時々のっぴきならぬ状況に陥る彼らの賭けの結果、私はその屋敷の前に立っていた。

夕暮れ時だった。

特に怖くはなかった。まだ陽射しはじゅうぶんに残っていたし、ただの古ぼけた屋敷で威圧感はなかったからだ。

玄関に鍵《かぎ》は掛かっていなかった。ドアは、訪問者を待ち構えていたかのようにスムーズに開いた。

流れる雲が、窓ガラスに映っていた。

不思議なことに、最近まで人が住んでいたかのようだった。廃屋独特の空気はなく、まるで誰かの留守宅に侵入したみたいで、一瞬進むのを躊躇《ちゅうちょ》したほどだ。

私は居間と書斎に入り、バスルームを覗《のぞ》き、二階に上がって部屋を見て回った。クローゼットの中、ベッドの下。

残っているのは、一階のキッチンとダイニングルーム。そして、その場所があの惨劇があった場所だと知っていた。

階段をゆっくりと降りようとして、ふと足が止まった。

香ばしい、甘い匂いが漂ってきた。

オーブンの中で、アップルパイが焼きあがろうとしている匂いだ。

まさか、そんなことがあるはずはない。

私の理性はそう囁《ささや》いていた。

もしかして、家を間違えたのだろうか？　本当は誰かが住んでいる家で、間違って入り込んでしまったのでは？

匂いはいよいよ香ばしく、手で触れられそうに強くなった。

私は魅入られたように一歩一歩階段を降り、西日の射し込むキッチンに足を踏み入れた。

そこに、彼女たちはいた。

二人はキッチンの中に並んで、ぼんやりと置物のように立っていた。

首を大きく折り曲げ、俯くようにして立っている。

ほつれた髪が、ゆらゆらと揺れている。

色褪《いろあ》せたドレスとエプロン。そのエプロンには、茶色く乾いた血のシミがいっぱい付いていた。

肉厚のがっしりとした手には、汚れた庖丁が握られている。

顔は見えなかった。

私は、なぜか恐怖は感じなかった。二人はカサカサしていて、空っぽで、彼女たちの中には何も残っていなかった。

少しずつ日が暮れていく。私はそっと裏庭に目をやった。ポーチに誰かがいる。見覚えのある影だった。ほつれた髪、色褪せたドレスとエプロン。

ぼそぼそと話し合う声。彼女たちは裏庭で、風に吹かれてお喋《しゃべ》りをしているらしかった。

そして、我々は失敗しつつあった——幽霊屋敷を見つけられても、幽霊になるのはなかなか難しいことなのだ。

私はのろのろとポーチに向かって歩いていく。彼女たちなら私の話を理解してくれるだろう。

キッチンを振り返ると、床の上に、黒髪と黒い髭《ひげ》を描いた、大きな木彫りの人形が倒れているのが見えた。重いけれど、持って帰らなくては。面倒だが、仕方ない。

ポーチに、仲良く並んでお喋りをする姉妹の影が見える。

逆光で、その姿はよく見えない。

次こそは成功しなくては。

私は彼女たちに向かって、疲れた足で少しずつ近づいていく。

次こそは、きっと。

黄昏《たそがれ》の空に、雲が動く。窓ガラスに映った雲の輪郭が光る。

今は無性に、彼女たちに私の話を聞いてもらいたくて仕方がなかった。

あたしたちは互いの影を踏む

思えば、ずいぶん長いこと働いてきたもんだね。

うん、今となってはあっというまのことだとしか思えないけど。あたしたち、いつも一緒だった。

そうだよ、いつも一緒だったよ。ふたつ違いのきょうだいなのに、あたしたちはよくふたごに間違えられた。骨格も、髪の毛も、同じ型から取ったみたいにそっくりだって。ジンジャークッキーの型だってさ。

ふん、あれは嫌味だったね。どうせなら綺麗《きれい》なのから型を取ればいいのに、わざわざこんな不細工なのをふたつも作んなくていいだろうって、よく親父が言ってたっけ。

自分で作っといて、なんて言い草だろ。

あの男の話はやめとくれ。何十年も前におっ死《ち》んでるくせに、未《いま》だに思い出すとムカムカするんだよ。

あの赤ら顔。酒臭い息。

あいつの手は女子供を殴るためにしかなかったんだから。ガキの頃にはよく殴られた。目の前を通ったと言っちゃガツン。冷たい雨が降ったらガツン。髪の毛が多いからガツン。

あの労力、別んところで使ってほしかったね。

でもさ、あたしたちの背が伸びて、あいつが縮んできたら、おどおどするようになって、気味が良かったじゃないか。肺をやられてからはますますだよ。最後のほうなんか、目もろくに合わせなかった。

ふふふ、そうさね。あたしたちふたりで並んであいつを見下ろしたら、そうそういつだって強気ではいられなかったよ。なにしろ、あたしたちは、台所ん中じゃ、いつも一撃で骨を叩《たた》き切ってたからねえ。たまに家に帰った時に、これみよがしに肉切り庖丁《ぼうちょう》を使ってみせてたっけ。

誰に似たんだろうねえ、こんなに背が伸びて。こうも骨太でなけりゃ、ちっとは見られたんだけど。

母方のばあさんは大女だったって話だよ。

母さんは小さかったのにねえ。

結局、兄さんたちよりもあたしたちのほうが大きかった。親父の若い頃と同じくらいまで伸びた。兄さんたちは、親父よりも小さかったよ。

あたしたちは働き者だったから、じょうぶな身体をくれたんだよ、神様が。

そういう割に、あんた、手がお留守になってるよ。

いいじゃないか、今はもう誰かのために料理女をやってるわけじゃない。こうしてきょうだいふたり、のんびり午後を過ごしてる。おしゃべりしながら、ゆっくりジャガイモを剝《む》きながら、ね。

なかなか長年の癖は抜けないもんだ。手を動かしてないと、不安なんだよ。いつも女中頭にぎゃあぎゃあ追い立てられて、早くしろ、早くしろ、夕飯の時間に間に合わないんじゃないかって。

手持ち無沙汰《ぶさた》ってやつ。

ものごころついた時から、いつも台所だった。ジャガイモ剝いてるか、肉の骨を叩き切ってるか、鍋《なべ》をかき回してるか、鍋を洗ってるか。人生のほとんどがそのどれかだったからねえ。

ねえ。

一日中オーブンの周りにいると、鼻毛ばっかり伸びてさ。

そうそう。すごいもんだね、人間の身体ってのは。煙を身体に入れまいとするんだよ、鼻が。それでも、ウサギ肉の匂いが鼻にしみついてるけどね。

おお、ぞっとする。ウサギの匂い。

見てごらんよ、あの雲。

ぽかぽかしてる。

夢みたいじゃないか。

ほんとに。信じられるかい、まあこんな田舎だし、ちょっとガタが来てるとはいえ、まるまる家一軒持てるなんてね。このあたしたちが、だよ。こんなご身分になれるなんて、ほんと、夢にも思わなかったよ。誰にも気兼ねせずにこうして暮らせるなんて、今でもときどき夢じゃないかと思うよ。

あたしもさ。毎日、目が覚めたら、またミルズの屋敷の地下に戻ってるんじゃないかと思うんだ。やっぱり夢だったかって、がっかりするんじゃないかって。

ああ、ああ、そうだよ、ミルズの屋敷。あのじめじめした、薄暗くて狭い部屋で、並んで寝てた時はしんどかったねえ。

一度風邪を引くといつまでも治らないんだ。

とことん惨めな気分になったよ。

いくらなんでも、あんなところに押し込むなんて、本当にいけ好かない連中だったね、あの屋敷のやつらは。あんなに空いてる部屋があるってのに。特に、あそこの使用人頭は最低のクソ野郎だった。なんでもあたしたちのせいにしやがって。

あのブラシ野郎ね。

そうそう、口ひげがデッキブラシそっくりだった。ごわごわのつんつんしたデッキブラシ。だけど、あいつは自分が男前だと思ってたんだから笑わせるよ。てめえの魅力に、女たちがぐらっと来てると思ってたんだ。

取り澄まして、鏡を見てるところは馬鹿みたいだったよ。

踊り場んところの鏡だろ。衿《えり》を直して、にたっと笑うんだよね。

みんな、よく真似してた。おいおい、ブラシが鏡見てどうすんのさ、そんな暇があったら、てめえのブラシで鏡を磨けよって。

ははははは。

ははははは。

あのさ。

なんだい。

前からちょっと気になってたんだけどさ。

だから、何だよ。

この家さ、なんかちょっと、アレじゃないかい。

アレってのは。

いや、その。なんのかんのいって、あたしら、都会育ちだから、そのせいじゃないかとは思ってたんだけど。

なんだよ。はっきり言いなよ、水臭い。

いや——時々さ、誰かいるような気がするんだ。

誰かって？

あたしたち以外の誰かさ。

まさか。泥棒でも入ってきてるっていうのかい。

そうじゃない。そういうんじゃないんだ。気配、とでもいうのかな。いや。息遣い、というのも違う。影、かな。影みたいなものがいるような感じがする。

まさか——警察じゃないだろうね。

やめとくれよ。

バレてるんじゃないだろうね、あのばあさんの件。

バレてるんなら、警察どころか、真っ先にごうつくばりの遺族が押しかけてきてるはずだよ。親戚《しんせき》なんか、これっぽっちも訪ねてこなかったじゃないか。あのばあさんがあんなところに小金を貯めこんでるなんて、誰も気付いてなかった。なにしろケチだったからね、あのばあさんは。

うん。葬式ですら、親族がいなかった。何かのついでに家の中を物色していったけど、値のつくものはほとんどなかったから。

まさかばあさん本人も、こっそり夜中に隠し場所から出した金を数えてる最中にぽっくりいくとは思ってなかったんだろうね。

最初に見つけたのがあんたでラッキーだったよ。葬式でおくやみ言って、おいとま貰《もら》って、すたこら町から逃げ出して、この家を買えた。

あん時はハラハラしたね。あんなにドキドキしたことなんて、なかったよ。

町を出た時は大笑いしたっけ。

うん、うん、警察なわけないよ。こんなド田舎のボロ屋敷まで来るわけないさ。警察は、街道沿いで起きてる連続殺人事件で手一杯だよ。

ああ、一人暮らしの年寄りや、子守り女ばかり狙ったやつだろ。殴ってオーブンに頭を突っ込んで殺す。そのまんま、家が燃えちゃったこともあったねえ。全く、ひどいことする奴もいるもんだ。

ほんとに。

そういや、ちょっとオーブンの様子を見てくれないかい。

ああ、そうだった。

どうだい？

うん、じゅうぶんあったまってる。パイを入れよう。

頼んだよ。

これでOK。それでさ——その、実を言うと、そこが気になるんだ。

そこって？

そこだよ、床下に物入れがあるだろ。

うん。罎詰《びんづめ》とか入ってる。

そこからさ——時々、声がするんだよ。

声だって？　誰の？

子供の声。それも、一人や二人じゃないんだ。

そんなはずないだろ。ネズミじゃないのかい。

いや、どう考えてもネズミじゃない。ママ、とか、開けて、とか言ってたもの。

あたしをかつごうとしてるんじゃないだろうね。

どうしてそんなことしなきゃならないんだよ。こないだなんか、夜ココアを飲みに来たら、そこの蓋《ふた》がガタガタいってた。まるで、下から誰かが叩《たた》いてるみたいに、そこだけ小刻みに蓋が動いてたんだ。あたし、びっくりしちまって。

なんで教えてくれなかったんだい。

慌てて部屋に戻って寝ちまったからさ。どうにも怖くって、いったい何だったのか度肝を抜かれちまって、あれはきっと夢だったんだ、そう思い込もうとしたんだ。

で、開けてみたのかい？

うん。翌朝、開けてみた。

で？

もちろん、何もなかったよ。あたしたちが運びこんだ食糧があるだけだった。

やっぱり夢だったんだよ、あんたが思ったとおり。

安かったよね。

え？　何が。

ここ。

この家のことかい？

うん。

そうかな。安かったのかな。

このあいだ、市場に行くついでに不動産屋をちらっと見たんだ。先々のこともあるし、相場ってもんを知っておこうと思ってさ。で、この辺りを調べたら、ご近所の、あの辛気臭い、りんご園のところのカントリーハウスが売りに出てた。どんな値段がついてるのかと思って、見てみたら、なんとうちの倍なんだ。

冗談だろ、あんなボロ家が？　水はけも悪い、じめじめした、およそ住む気なんかしないようなところじゃないか。

でも、やっぱりうちの倍だった。この辺りで売りに出してるようなところは、みんなその程度の値段で、ちょっと小綺麗《こぎれい》だとすぐに三、四倍になっちまう。

あんたは、それに理由があると思うのかい？

うーん。

床下から聞こえる声のせいだと？
まあね。
ほんとうに？
くどいよ。
ほんとに、あたしをからかってるんじゃないよね。
わざわざこんなに明るい、いい天気の昼間を選んで話してるんだ――怖くないように。
実はさ。
うん？
実は、あたしも、気になることがあってさ。
なんだい、あんたもかい。
あたし、うたたね、するだろ。ポーチとか、ソファベッドとかで。
うん、あんたって器用に寝るもんね、昔から。寝つきもいいし、パッと起きられる。
羨《うらや》ましいよね。特技だよ。
時々、顔に布がかぶさってるんだ。
布？
うん。ハンカチとか、ナプキンとか。

それが顔に？

そう。

どうして。

分からないよ。長年の習慣で、あたしが何でも数かぞえてキチンと戸棚にしまってるのは知ってるだろ？ なのに、どんなに片付けておいても、居眠りした時、目が覚めると顔にかかってるんだ。

気味が悪いね。どこから現れるんだい。

ずっとあんたがやってるのかと。

まさか。そんなことするわけないだろ。

引き出しや戸棚を開けてみると、確かに一枚減ってる。いつも戻すんだけど、また同じことが起きる。

いつから。

引っ越してきてから、ちょくちょく。気にはなっていたんだ。だけど、あんたの悪《いた》戯《ずら》だと。

あたしじゃないよ。

うん、分かってる。隙間風のせいかな、と思ってた。

あたしだってさ、こんな静かなところに住むのは初めてだし、日の射す家に住むのも初めてだし、床がギシギシいったり、不意に暗い影が横切ったりするのも、一軒家のせいだと思ったんだ。ここは丘の上だし、風や光が悪戯するんだなと。

そうなのかな。

そうだよ、きっと。

でもさ、閉めた戸棚の中からリネンが出てるのはヘンだろ。

そりゃあ、それは、ちょっと。

やっぱりあんたじゃないのかい？

何度言えば分かるんだよ。あたしじゃないよ。そんな悪趣味なこと——しないよ。

なんであたしなんだ。

え？

なんであたしの顔にばっか、布がかぶさるんだ。

なんでって。

あんただって押さえたじゃないか。あたしだけじゃない。

何の話をしてるんだよ。

分かってるだろ。あたしたちが、親父の顔に濡《ぬ》れた雑巾《ぞうきん》を押し付けた時のことさ。

よしなよ、そんな話。

だって、そうだろ？　あのクソ親父がなかなかくたばらない上に、ときどきひどく暴れたじゃないか。みんなへとへとだった。母さんなんか、骨と皮みたいに瘠《や》せて。

やめとくれ。思い出すじゃないか。

一緒に押さえたよね。母さんが眠ったところを見計らって、親父が静かな時に。穴の開いてない丈夫な雑巾をまんべんなく濡らして、二枚重ねて、顔にぺったりくっつくように押し付けて。

やめてよ、そんな話。

ふたりで馬乗りになった。あいつ、目を覚まして、信じられない力で暴れたよ。あたしたちふたりが乗っかってるっていうのに。最後の最後まで手間かけやがって。

何の音?

何?

今、向こうで何か音がしただろ。

そうかい?　気付かなかったけど。

ねえ、気味の悪い話はよそうよ。せっかくパイを焼いてるってのに。

それもそうだ。こんな明るい午後なのにね。

そうだよ。台無しになっちまう。やっと運が向いてきたところだってのに。

悪かった。うん。

ちょっといい匂いがしてきた。

これがいいんだよね。他の作業をしながらおしゃべりをしているところに、いつのまにかパイの焼ける匂いが流れてくるっていうのが。

そうそう。うん、いい香りだ。

なんか、こうしてると子供の頃のことを思い出すね。

あたしたち、いつも一緒だった。ジンジャークッキーの型から取ったみたいにそっくりだって言われて。

よく影踏み鬼をやったじゃないか。

やったね。

あたしたち、身体が大きいから、影も大きい。みんながあたしたちを狙ってさ。むかついたね。

うん、うん。だけど、あたしたちは、見かけによらずすばしっこいからね。

そうなんだよ。それに、なにしろ身長もあるから、歩幅が大きい。

一歩がでかいんだよ。だから、みんなを引きつけておいて、パッと大きく踏み出せば、大抵のヤツの影は踏めた。だから、ハエみたいにあたしたちに寄ってきた連中が、たちまち鬼になってた。ざまあみろだね。

あたしたちふたりで影踏みをやると、なかなか勝負がつかなかったね。

そうだった。

背格好も、足の速さも同じくらい。相手が何を考えてるかもお見通しだから、なかなか踏み出さないし、かわすのもお手のもの。

一時間もやってたことがあったよね。

それでも勝負はつかなかった。結局、疲れてやめたんだ。

そうだっけ。

風かな。

聞こえたよね。

うん。窓を開けたような音。確かに聞いた。

やっぱり泥棒なんじゃないかな。こっそり裏口から入れば、客間に忍び込める。こっちは台所で夢中になって喋《しゃべ》ってて気付かないって寸法さ。

そうかもしれない。

よし、一緒に行こう。ふたりでかかれば、めったに負けることはないさ。向こうは油断してるから、不意打ちしてやる。

うん。

静かにね。そうっと壁際に身体をくっつけて進むんだ。

分かってる。
ドアは開けておこう。
そっちだ。行くよ。
やっぱり、客間のほうだ。

どういうことなんだ。
あたしじゃない。あたしじゃないよ。
分かってる。あんた、ずっと一緒にいたじゃないか。
そうだよ、朝から二人して、台所でジャガイモ剝《む》いてたんだ。
今朝はなんともなかった。みんなちゃんと戸棚にしまってあった。
だけど、どうしてあんなになるんだい？
窓は閉まってた。裏口も。
なのに。部屋じゅうに、リネンが。
床が真っ白に塞《ふさ》がってた。覆われてた。部屋じゅうに。戸棚の中のリネンがぜんぶ。
やっぱり、ヘンだよ。
真っ白だった。

やっぱり、ここんちは、ヘンだ。何かいるんだ。だから安かったんだ。澄ました顔で、バケモノ屋敷をつかまされたんだ。

あんた。

バケモノ屋敷だ。何かいるんだ。畜生、訴えてやる。

あんた。

冗談じゃない。せっかく有り金はたいて、買い取ったのに。

あんた。

何ぽかんとあたしの顔見てるんだよ?

何、それ。

何って。

顔に布がかぶさってる。

え?

白い布が。

何言ってるんだよ、何もかぶさってなんかいないよ。はっきりあんたの顔も見えてるし、台所もみんな見えてる。ほら、そこにオーブンがあって——

布が。

動いてる。

かぶさってるんだよ、あんた。

床が動いてる、ほら、ご覧よ、言ったとおりだろ、蓋《ふた》があんなに。

真っ白だ。クソ。あたしが洗濯したのに。

ちょっと、そっちを見てよ。あそこだよ、動いてるよ。

クソ親父。

見てよ、床の蓋があんなに、ゴトゴトいって。出てくる。何か出てくるよ。

クソ親父め。

やめろ、出てくるんじゃない。蓋が壊れちまう。何かで押さえなきゃ。ちょっと、何するんだよ、人の顔つかまないどくれ。

クソ親父め。さんざん苦しめたくせに。

痛いよ、やめなよ。布なんかないってば。それはあたしの顔だよ。切り付けないでよ。なんだよ、手がどろどろする。

もう一度殺してやる。

いたたたた、どうしちまったんだ。ああ、見てよ、床を。指が。指が。蓋の隙間から、指が。

クソ親父。あんたがあたしたちを恨むなんて、お門違いもいいとこだ。死ね、死んでろ、もう一度死ね。

痛いよ。痛いよ。指が。指が。出てくる。出てくる。あいつら。よしなったら。

うわっ。刺した。

パイが焼けるよ。パイが焼けるよ。甘い甘い。あいつら、あたしらのパイを狙ってるんだ。クソがきどもが。あたしのパイを。

痛い。あたしの腹を刺した。こいつ、あたしを。

ジャガイモを剝きながらね。あいつら、出しちゃいけない。重しをするんだ。ジャガイモで重しにすればいい。

痛い。痛い。あたしの腹を。

これでいい。これでいいんだ。重しをすれば、出てこれない。

痛い。クソ親父。なんであたしが。

いい匂い。これでいい。

痛い。

影踏みしたよ。子供の頃。勝負はつかなかった。

痛い。

ねえ、結局、勝負はつかなかったんだよ。

僕の可愛いお気に入り

いるんだ。

いつもそこに。

いるんだ、あの子が。

本当だよ。みんなは僕が嘘をついていると思っている。そんな女の子なんかいやしないと馬鹿にしている。そのくせ、あの子を紹介するよ、というとみんな後退《あとずさ》りをする。露骨に嫌な顔をする子もいる。

みんな、臆病《おくびょう》なのさ。

死ぬほど退屈しているくせに、何か目新しいこと、面白いことはないかときょろきょろしているくせに、実際に素晴らしいものを見せてやろうというとたちまち怖気《おじけ》づく。あと一歩なのに。もう一歩踏み出せば、別の世界が開けているのに。

ねえ。

だからさ、いるんだってば。

あの子が、いつもそこに。

え？

ううん、なんでもない。独り言さ。

そんな不安そうな顔しないで。ちょっと学校の連中のことを考えてただけだよ。

違う、別にあんな奴らのことなんかどうでもいい。君とこうしているほうがよっぽど楽しいし、気持ちも休まる。あいつらときたら、がさつで乱暴で頭は空っぽ。そのくせ、群れなきゃ何ひとつできない。僕がこんな楽しみを持っていることが気になって仕方ないし、妬《ねた》ましくてしょうがないのさ。

ごらん、いい天気だね。ヒバリが鳴いている。気持ちのいい風が吹いている。

今日こそ、ちょっと出てきてみたらどうかな？　誰もいないし、ここは気持ちがいい。あと一メートル。ほんの一メートルで、君に触れることができるのに。

ごめん。

君を怖がらせるつもりはなかったんだ。

ごめん、もう言わないよ。

君がここに出てこられないのは理解しているつもりだったけど、こんなに気持ちのいい午後だったから、つい。

いいんだ、僕が悪かった。君の綺麗《きれい》な髪を陽射しの中で見てみたかっただけなんだ。きっと、君の頭の輪郭が淡い金色に光るんだろうなあ。いつも、そんな暗がりにいるところしか見ていないから、君のバラ色の頰も、小さくて薄い唇も、夏の陽射しの中でどんな色になるんだろうと思って。

ごめんよ、もう言わない。君だって、好きでそんなところにいるわけじゃないってこと、薄々感じてはいたよ。そこまで怯《おび》えるなんて、そんなつもりじゃなかったんだ。許しておくれよ。

怒ってなんかいないよ。

ただ、ちょっと疲れちゃって、横になっただけ。

いい季節になったから、こうして草の上に横になっていても寒くない。

ねえ、初めて君に会ったのは、まだ肌寒い三月のことだったものね。

どうしてだったんだろう、あの日あの時、なぜ丘を突っ切ってこんなところを通ろうなんて考えたんだろう。

今思い出してみても不思議なんだ。

そうそう、この家に新しい買い手が付いていて、明かりがついていたからかもしれないな。近所の人たちが、今度はいったいどんな人が買ったんだろう、ってこそこそ噂していたのを聞いたからかも。

うん、ずいぶん持ち主が替わったんだ、この屋敷。

みんなはっきり言わないけど、いろいろあったみたいだよ。不幸な事故とか、事件とか。確かに、無人の時はちょっと気味が悪かったけど、こうして新しい住人が決まって、修理をして、壁を塗り直したら気持ちのいい家だと思う。

今度の持ち主、知ってる？

君は話したことはないの？

女の人だよ、お姉さんとおばさんの間くらいの歳の人。もしかすると、結構歳を取ってるのかもしれないけど、目はきらきらしていて、表情豊かな人。近所の人たちは怪しがっているけど、僕はいい人だと思うな。

うん、話したことあるよ。

作家なんだって。一人で住んでて、ここで小説を書いてるんだって。そんなに有名な人じゃないみたいだ。少なくとも、僕の先生は名前を知らなかったよ。だけど、作家にはペンネームを使ってる人も多いし、女の人が男の名前で小説を書くことも多いっていうから、もしかすると本当は有名な人なのかもしれないね。

気さくな人だよ。君も話したら気が合うかもしれない。

さびしくないですかって聞いたら、そんなことないって。ここで朝晩、丘を眺めながら頭の中で小説を組み立てるのは飽きないって。そうかもしれないね。僕もそんな生活をしてみたいな。

なんでも、昔、親戚《しんせき》がこの家に住んでたんだそうだ。しばらく他の人が住んでいたんだけど、偶然売りに出てるところを買ったんだって。そういうのって面白いよね。自分に関係ある人が住んでいた家を買うなんて、因縁を感じるじゃないか。

うん、もちろん、君の話はしてないよ。

あなたの家の床下に女の子が一人棲《す》んでます、なんて言えると思う？　もっとも、正直に話したところで、信じてくれないと思うけどね。

ウサギの巣を探してるんですって言ったらあっさり信じてくれたよ。この辺りにはクロウサギがちょろちょろしてるから。

そう、初めて会った時の話だよね――そうだ、あの日、僕はやけどをしていた――だから、急いで帰ろうと思って、近道を探して、丘を横切ったんだ。学校から帰る道の途中で、ちょっとしたアクシデントがあって、腕にやけどをしていた。だから、急いでいたんだ。

不思議だろう？

なんだか、この家が僕を呼んでいる気がした。

ああいう時の直感って、ほんとに不思議だよね。急いでいたはずなのに、ここを通らなきゃって思った。家に帰る前に、ここの床下の暗がりを覗《のぞ》いてみなくっちゃって義務感で頭の中がいっぱいだったんだ。

僕は、迷わずここを覗きこんだよね？

君は、逃げる暇もなかった。まさか、見知らぬ男の子が一直線に丘を走ってきて、わざわざここを覗きこむなんて予想もできなかったんだよね。

でも、僕は一目で君を見つけたし、君のことが気に入った。君だって、結局逃げないでいてくれた。

やけどのところがひりひりものすごく痛かったけど、それよりも君に会えた驚きと喜びのほうが大きかったんだ。

以来、ちょくちょくここにやってくるようになった。

君に会うために。

こうして、君と話をするために。

やけどのあと？

ずいぶんよくなった。ほら、もうほとんど分からないだろ。なにしろあの時はひどい状態だった。何日も痛くて、夜も眠れないほどだったけどね。だいじょうぶ、もうあんなへまはしない。

風が気持ちいい。

こうしてここに横になって、君の目を見ていると落ち着く。

普段は、僕の心は鎧《よろい》を着ているみたいだ。隙あらば喉笛《のどぶえ》に噛《か》みついてくるような連中と、見えないところでつばぜり合いをしているみたい。そういうものさ、世界なんて。みんな陰では背中から刺そうと機会を窺《うかが》っている。がさつで無能な、心のない連中が本能のままに生きている。家族だって同じだ。親たちにとって、僕らは将来のための保険で投資で、抑圧し支配し、やがては搾取する対象でしかない。

まさか。

こんな話、両親や兄貴にできるわけないだろう。

君だけさ、こういう話を聞かせられるのは。こんな話をしたら、みんな僕がおかしくなったと思うに決まってる。医者に見せろ、とか、おまえの教育が悪い、とか、何すかしたこと言ってんだよ、と罵倒《ばとう》される。

だけど、君はそんなことはしない。

じっと僕の話を聞いてくれる。その哀しいような、切ないような、かすかに虚無を湛《たた》えた静かな瞳《ひとみ》で。

そんな目をどこかで見たことがある——どこでだろう、車に轢《ひ》かれて死んでしまった飼い犬のジョンかな、それともどこかに引っ越していった友達かな。

君の話を聞ければいいのに。

君はなかなか自分の話をしてくれないね。

その服装は、ずいぶん古いよ――昔の小説に出てくる子供みたいだ。そんなところに隠れていて、出てくるのが怖いんだから、よっぽどいやな目に遭ったんだね。

知ってるよ、昔の子供たちはひどい目に遭わされていたんだ。鞭《むち》で打たれて、水っぽいスープだけで、いつもおなかを空《す》かせて、大人と同じ肉体労働を強いられ、汚い言葉を浴びせられ、搾取されていた。

まあ、搾取されているのは今も同じさ。やり方が変わっただけで。

君たちは、自分の身を守る手段がなかった。誰も助けてくれなかった。

でも、時代は変わった。

僕は、考えたのさ。搾取される前に戦わなくちゃって。自衛しなくちゃって。

そうだろう?

僕は気付いてる。

こういう話をする時に、君の目が青く輝くこと。

君のそのまなざしは、僕に勇気をくれる。触れることはできなくとも、君が共感してくれていることが分かるだけで、身体の中に力が湧いてくる。

それに――

それに、君は僕を助けてくれた。

いいよ、分かってる。何も言わなくてもいいんだ。

僕は分かってる。君が僕を助けてくれたこと。

君は、いる。

いつもそこにいてくれる。

その暖かく、静かな暗がりに。


だんだん日が傾いてきた。

少しずつ風が冷たくなってきたよ。

そうそう、今朝は大騒ぎだったよ。

朝学校に行ってみたら、先生方も大騒ぎで、みんなでお祈りをさせられて、すぐに帰されてしまったよ。

休校さ。

うん、近所も大騒ぎ。新聞記者も来てた。

そりゃそうだろうな、一晩に三人も首を吊《つ》って自殺しちまったんだから。

うん、男子生徒ばかり三人。それぞれ、自分の家で。部屋の中や納屋の中でね。

誰かに殺されたわけじゃない、みんな様子が変だったと家の人は言っていた。帰ってきた時から落ち着きがなくて、びくびく後ろばかり振り向いていたって。理由に思い当たるところはない、前日まで、何か問題を抱えているようには見えなかったって。

だろうね。

あんながさつな連中に、思い悩む理由なんかないさ。

あるとすれば、本能の赴くままに、本来踏み込むはずのないところに足を突っ込んだせいなんじゃないかな。

そうとしか思えない。

自分の受け止められる以上のものを受け取ってしまった時、それを持ち続けられる人間はそうはいない。

君、だよね。

君が、あいつらのところに行ったんだよね。

夜中、闇に紛れて、そこからわざわざ出ていって、あいつらのところに行ったんだよね。

分かってる。僕のために。

ごめんよ。でも、ありがとう。嬉《うれ》しいよ。

それに、あいつらが悪いんだ。僕と一緒にここまで来る勇気はないくせに、三人揃ってここまで来て、この辺をうろうろして、君を侮辱するようなことを言ったんだ。

もちろん、僕もさんざん言われたさ。誰もいないじゃないかと。腐った床下を覗きこんで、ウサギの糞《ふん》に向かって話しかけてるうつけ者だと笑われた。

知ってるよ、あいつらはここに小便をひっかけていった。

本当に失礼な奴らだ。

そして、本当に馬鹿な奴らだ。ああいう馬鹿が、いつも自分の行為の高い代償を払わされるのさ。

だけど、君にその役目をやらせることになるなんて。

ごめんよ。

でも、ありがとう。


そうだよ、あいつらは馬鹿だけど、臆病《おくびょう》者だけが持っている勘で、君がそこにいる気配を感じ取ったんだ。

虚勢を張り、僕を笑い者にしたけれど、何かは感じていたはずだ。

奴らは、背中に何かを感じていたはずだ。

その暗がりから、凍るような視線を送っている君のことをどこかで察知していたはずだ。

だから、奴らは怯《おび》えた。

君の影を恐れた。

奴らは、自分が何を恐れているのかも分からなかったはずだ――夜を迎え、自分の影の中に君の姿を見る瞬間までは。


誰も君のことなど気付かないさ。

しばらく大騒ぎは続くだろう。教育問題や、家庭内の事情など、犯人探しが始まって、みんなで責任を押し付けあい、タブロイド紙が危機をあおりたて、人間関係がぎくしゃくする。いつもそんなことの繰り返し。

きっと、あいつらだって、自分がなぜ首を吊ったのか、今ごろあの世で首をひねってるに違いない。俺たちどうして死んだんだろうって、頭を突き合わせて悩んでるはず。

そうだろう。

あいつらには、君の綺麗《きれい》な髪や、落ち着いた瞳や、小さな唇なんて見えない。

ただの暗がり、ただの闇にしか見えないのさ。

その中にどんな世界が広がっているか、どんなものが潜んでいるのかなんて考えない。

だから、その闇がどんなふうに奴らを不意打ちするか、想像もできなかったんだろう。


うん。

分かってる。

何も言わなくても、分かってるよ。

君は、死んでるんだよね。

ずっと昔、何十年も前に。

きっと、ひどくむごたらしく、ひどく惨めなやり方で、大人たちに搾取され、人知れず犠牲になって、そうして、いつまでもそこから離れられず、いつまでもそこから出られなくなっているんだよね。

そうして、薄暗い床下で、じっと身体を丸めているんだよね。

うん、最初から気付いてた。

君がもうずっと前に死んでるってことは。

だから、僕がここに引き寄せられたんだってことも。だから、僕には君が見えるんだってことも。

その哀しい目。

切なく、虚無を湛《たた》えた目。

そう、やっぱり、それは僕が鏡の中で見た目だった――いや、それとも、僕が手に掛けた年寄りたちだっただろうか？

取られる前に取り返せ。

搾取される前に戦え。

いつごろからだろう、そんな声が聞こえてくるようになったのは。

親父に殴られるからか、兄貴やお袋の侮蔑《ぶべつ》の視線のせいだろうか。

なぜかは分からない、なぜああふらふらと、人気のない街道筋の一軒家を狙い、そっと勝手口から中に入り込んだのか。

焚《た》き火に手を突っ込んでやけどをしてしまいました。水を分けてもらえませんか。

身なりのいい少年の、手の水ぶくれを見ると、女たちや年寄りたちは疑うこともせず家の中に入れてくれた。思いもよらぬ秋波を送ってくる女もいた。

だからこそ、突然の逆襲に、みんな驚いた顔で死んでいった。

彼らの中には、自分が死んだことに気付いていない者も含まれているんじゃないかな。

最初は抵抗されて、なかなか死んでくれなかった。

思わずオーブンに触れてしまい、自分の肉の焼ける臭いと、オーブンの中の年寄りの頭が焦げる臭いとが重なりあい、気が遠くなった。

水ぶくれは、接着剤と絵の具でいくらでもそれらしく見せかけられる。あんなふうに、本当にやけどをしてしまったのは最初の一回だけ。二回目からは、そんな失敗はしなかった。

あのやけどは本当に痛かった。

みるみるうちに手が腫《は》れ上がり、ずきんずきんと激しい痛みで、走りながらも他に何も考えられなかった。

最初の犠牲者のことなどすっかりどこかへ行ってしまい、この痛みから逃れたいという欲求しかなかったのだ。

あの家の明かりを見た時、なぜか足が動いていた。

嘘ではなく、本当に冷たい水を求めて呼び鈴を押そうかと頭の片隅で考えていたのだ。

もしかすると、あの家の主《あるじ》が次の犠牲者になっていたのかもしれない。せっかくの達成感に水を差され、きちんとやり直したいと願っていたのかも。

けれど、その前に、僕はあの暗がりに気付いていた。

あそこに誰かがいて、僕が見つけるのを待っていることに気付いていたのだ。
だから、僕は丘を突っ切った。
痛む腕を抱えて、一直線に君がいるところへ駆けていったのだ。
君のその静かな瞳《ひとみ》に励まされ、あれから何度僕は呼び鈴を押しただろう。僕の闇は
どこまで続くのだろう。どこまで深いのだろう。
君の闇と、僕の闇の深さは。君のいる場所までの距離は。

君のいるところまで、たった一メートルに見える。

光との境目は、たったの一メートル。

じわじわと包囲網はせばまっている。

人気のない家を狙い、用心していたはずだったが、それでも裏口から出入りする少年の姿は複数目撃され、それがどれも同じ人物であるという情報を、警察はつかんでいるようだ。

少しずつ、何かが迫ってくる。

最近、どこにいても僕を見張る目を感じる。

気のせいかもしれない。気のせいではないかもしれない。

だが、いずれ追い付かれるだろう。君の影ではなく、僕の影に。

君は、いる。

今もすぐそこにいる。

光との境目の向こうに。

君はそこから出てこられない。いつまでもそこを離れられない。

だから、僕がそこに行こうと思う。君のいる暖かい暗がりに、今日こそ入っていこうと思う。

嫌かい？

ああ、分かってる。今のままじゃ、僕はそっちに行けないと思うんだろ？

だいじょうぶ、もう手は打ってある。

ほらね、見えるだろ？

首の後ろから、温かいものがほとばしっている。僕を光の世界につなぎとめる何かが地面に溢《あふ》れだしていくのを感じる。

温かい。とても温かい。

だけど、身体はどんどん冷たくなっていく。石のように、少しずつ身体が固まっていくのを感じるんだ。

これなら、そっちに行けるだろう？
ほら、手を伸ばすよ。
君が笑っている。
なんて可愛いんだろう、君が笑うのを初めて見た。
ほら、手を伸ばすよ。
温かい。身体が温かい。
暖かい暗がり。
ついに、僕は光との境界線を越えた。
君は笑っている。
愛らしい笑顔に向かって、僕はまっすぐに手を伸ばす。

奴らは夜に這ってくる

さあ、ちゃんと毛布を掛けたかな？

今夜も奴らのことを話してやろう。

奴らがいつ頃からいるのかは儂《わし》も知らん。

名前は特にない。うん、昔から、名前はないんだ。儂の子供の頃からな。ただ、「引きずり」とか「這《は》う奴ら」としか。


姿かたち？


見たことがあるかって？

そうさな。あるといえばあるし、ないといえばない。

音はよく聞いたよ。一度聞いたら、とてもじゃないけど絶対に忘れられないような音だ。ズルッ、ズルッ。いや、ザザァ、ザザァ、かな。鈍くて、重くて、陰鬱《いんうつ》で、そのくせやけに耳に残る、嫌な音。そう、何か重いずだ袋を引きずっているみたいな音。

聞いたことないって？

そうさな、あんなもの聞かないほうがいいかもしれん。なんとも気味の悪い、胸のざらつくような音だから。

まあ、丘は古いからな。先史時代の遺跡もあるし、ずっとずっと昔から人が住んでたらしい——恐らくは、人以外のモノも。そもそも、丘は人工的に造ったマウンドじゃないかという説もあるし。

何かがいる場所というのはあるもんさ。「何か」は分からんけど。

あの屋敷がいつから建ってるのかは知らん。かなり古いということしか。よりによってあんな場所に。丘の真上に。


だからあんな。


いや、なんでもない。

幽霊屋敷？　ああ、おまえたちもそう呼んでいるのか。あそこはいつもそうだった。

住人は何度も替わっているが、人が住んでいる時も、そうでない時も、あそこはいつも幽霊屋敷と呼ばれてきた。儂らが子供の頃も、あそこはそう呼ばれていたのさ。

「這う奴ら」はいつから現れたのか。

それは誰も知らない。

時々奴らは現れる。

だけど、儂には奴らの存在を思い知らされた出来事があってね。

儂が中学生の時だ。

同級生三人が、ひと晩に立て続けに首を吊《つ》って亡くなったことがあった。

うん、自殺だ。

もちろん、とてもいけないことだ。神に与えられた命を自分で奪うことなど、決して許されん。おまえもよく覚えておくんだよ。ひとは自分で自分の命を奪ってはならん。第一、おまえの父さんや母さん、儂がどんなに悲しむことか。ちょっとでも想像してみれば、分かるだろう？　よし、いい子だ。

なんだっけ？

そうそう、自殺した三人の同級生だな。

それぞれ、家族が発見したんだが、彼らは皆、やたらと怯《おび》えていたというんだ。しきりに背中を気にして、おどおどしていたと。

そして、家族の話では、彼らが亡くなった頃、外を何かが「引きずる」ような音がしたと。

うん、三人の家族それぞれが証言している。動物の歩く音にしては妙だったと。ズルッ、ズルッ、という音がした、とみんなが言っている。

もちろん、警察は三人がいっぺんに死んだことで、何か関連性があるのではないかと疑っていたし、家族の証言にも注目していた。もしかして、三人は殺されたのではないかと疑っていたんだね。

けれど、それぞれが首を吊った納屋や部屋は内側から鍵《かぎ》が掛かっていたし、しかも、三人が亡くなったのは同じくらいの時間らしいということで、やはり自殺だったという結論になったようだよ。不可解な事件だったけどね。

実は、その数日後に、丘の上の屋敷のすぐ外でひとりの少年が死んでいるのが見つかった。

儂はほとんどつきあいはなかったが、その子も同級生だったよ。おとなしい、頭のいい子でね。彼も自殺したらしい。自分で自分の首を切りつけて失血死さ。そんな恐ろしい死に方がよくできたもんだ。当然、三人の自殺との関連が疑われた。

ところが、もっと驚くべきことが判明した。

当時、一人暮らしの年寄りばかりを狙った殺人事件が続いていてね。その少年は、その事件の重要参考人だったというんだ。彼は事件現場で何度か目撃されていたらしい。結局、その少年が犯人だという決定的な証拠は見つからなかったけれど、彼の死後、事件はぱったりと止んだので、やはり彼が犯人だったのではないかといわれている。事件そのものは迷宮入り、というやつさ。

だが、儂はとてもじゃないが信じられなかった。なにしろ、五人も殺されたんだ。むごたらしい方法で。見ず知らずの年寄りを、あのおとなしい子が殺したなんて。

当時、捜査は暗礁に乗り上げていたというし、誰かがあの子に罪を押し付けて、今ものうのうと生き延びているような気がしてたまらない。

ああ、そうだよ、残念だが、いつも警察が正しいとは限らない。彼らは住民が不安の声を上げたり、警察に対する不満を言うと、手っ取り早くスケープ・ゴートを見つけ出そうとするもんなんだ。そうそう、自分たちは正しい、自分たちは働いている。それを目に見えるかたちで示そうとするのさ。

以来、あの音を聞いたという連中が増えた。

何かを引きずる音。「這う奴ら」の音。

奴らを目撃したという話も聞くようになった。

草のあいだを「這って」いく奴ら。

それは大抵夜中で、夜の闇でしか聞くことができない。その音は、嫌なことが起きている時や、嫌なことが起きそうな時だけに聞こえるのさ。

動物なのかって？

いや、それも分からない。見たことがあるという話はたくさんあっても、みんな話がまちまちなのさ。

大きな蛇みたいだったという証言、鰐《わに》みたいだったという証言、かたつむりの殻のないやつみたいにぬめぬめしていたという証言。うろこがあったとか、なかったとか、牙《きば》が生えていたとか目がひとつだったとか。

な、あまりにもバラバラで、どれも信用できないだろう？

一匹だけがずっとうろついているという話や、複数いて世代交代しているという話もある。これだって、全く根拠のない話さ。

ネッシーじゃあるまいし、そんな奇妙な動物の話なぞ聞いたこともない。

儂が思うに、あの事件以来なんだ。

三人が首を吊り、ひとりの少年が首を切って失血死したあの事件以来、この辺りの住民は、あの音を聞くようになった。

あれ以来、「這う奴ら」がみんなの中の嫌なものをかたちにしたんだと思う。

そんなことがあるかって？

あるのさ。

ある日自覚してしまったことから、そいつは生まれる。言葉を与えたことから、かつてなかったことがあったことになってしまう。

ああ、静かな夜だな。

眠れないのか？　いつでも目を閉じていいぞ。

あれもこんな夜だった。

肌寒いようでいて、時折ふっと生ぬるい風が吹く。

とても静かなのに張りつめた空気が漂っていて、あまりの緊張に耐えられず、急に叫び出したくなるような長い夜。

耳を澄ますのが怖くなる。

何かが聞こえてくるのではないかと。

あの音が聞こえてくるのではないかと。

ああ、すまんすまん。脅かしてるわけじゃない。ちょっと昔のことを思い出しただけだ。

いや、聞かんでもいい。

こんな話。

儂《わし》が「這《は》う奴ら」を見た話なんて。

三人の首吊りの時にも噂があった。

死んだ三人が、「這う奴ら」になって、また誰かのうちに行ったという話。「這う奴ら」は何を言いたかったのか、恨み言だったのか、中には何度も奴らが「這ってきた」せいで、引っ越してしまったうちもあったらしい。

さあな、噂だよ、噂。

本当かどうかなんて誰も知らない。

儂が見た「這うもの」？

聞きたいのか？


もうずっとずっと昔のことさ。まだ近くの農場で儂が働き始めたばかりの頃。一日がむしゃらに働いて、ばったりと眠りについていたあの頃。余計なことなど考えず、夜は眠るものだと思い、こんなふうに寝つけずにジッと息を殺す時間など知らなかった頃。

なのに、なぜかあの晩だけは目が覚めた。

突然、夜中にはっきりと目を覚まし、むくりと起き上がったんだ。

どうしてかって？

音さ。

あの耳に残る、鈍いのによく通る、嫌な音が聞こえてきて目覚めたんだ。

ズルッ、ザザッ、ズルッ、ザザッ。

耳にした瞬間分かったさ。これは「這う奴ら」の音だって。

今、すぐ近くを、壁の一枚向こうを、奴らが這っている音なんだって。

あの時のことはよく覚えている。虫の声が遠くに聞こえて、寝泊まりしていた納屋の粗末な羽目板の隙間から月の光が細く射し込んでいて、青いシャツが灰色に見えた。

ズルッ、ザザッ、ズルッ、ザザッ。

音はのろのろと移動していく。

壁の向こうを。

感覚としては、壁の向こうだけど、少し離れたところをゆっくりと動いている、というイメージだった。

かなり重いものだ。苦しげな感じがした。

どんな姿なんだろう？　奴らを見ることができるだろうか？

儂は暗闇の中で上半身を起こし、息を殺して自分の心臓の音を感じていた。どうにかして奴らを見られないかと一生懸命に考えていた。

怖い、というのもあったが、好奇心のほうが遥《はる》かにまさっていたんだ。まだ二十歳そこそこだったし、向こうみずで怖いもの知らずの若者だったってわけさ。

で、月の光に注目した。

明るい月の晩でね。

老朽化した納屋だから、あちこちガタがきていて、隙間や穴がたくさん開いている。

光が大きく射し込んでいるところを探し、そっと外を覗《のぞ》いてみることにしたんだ。

呼吸を止め、足音を立てないようにゆっくりと、近いところから穴を順番に覗いていく。

なかなか奴らは見えなかった。角度がまずかったり、外の草の陰になって、視界に入ってきてくれないんだ。

いくつか穴を探して、とうとうちょうどいい穴に目を当てた。

すぐそこに顔があった。

そう、人間の顔だよ。

しかも、女の顔がふたつ。

蒼《あお》ざめた顔、髪を振り乱し、虚《うつ》ろに見開かれた目が四つ、こちらを見ているのとばったり目を合わせたんだ。

なぜあの時声を上げなかったのか今でもよく分からない。

人間、あまりにもびっくりすると、声すら出ない。あの瞬間、僕の心臓はほんとうに止まっていたに違いない。むろん、呼吸もね。

儂は腰が抜けて、納屋の中にへなへなと座り込んでしまった。

どのくらいそうしていたか分からない。実際のところはうんと短い時間だったと思う。

が、ハッと我に返って、震えながらもう一度穴を覗き込んだ。

その時には、顔はこちらを見ていなかった。

ただ、二つの顔のついた生き物が、草のあいだを、ずるりずるりと這っていった。

ボサボサの髪のついた頭が二つ、ハート形の影になっていた。

儂のことなど気にも留めず、物憂げに、だらしない動きで、ゆっくりと這いながら、少しずつ遠ざかっていった。

身体は茶色。手も足もなく、ただ二つの顔のついた生き物が耳に残る音を立ててちょっとずつ遠くなっていったのさ。


ああ、怖かったか。

怖かったね。儂もあの時のことを思い出すと口の中が酸っぱい唾《つば》でいっぱいになる。

首すじの後ろや肩のところが冷たく粟《あわ》だって、叫び出したくなるんだ。

ああ、泣くんじゃない。

だいじょうぶ、だいじょうぶ。昔の話だ。もうそんなことは起こらない。な？　だいじょうぶだ、おまえはあの音を聞いたことがないんだろう？　この先も聞くことなんかないさ。ちゃんと真面目に暮らし、昼間はがむしゃらに働き、夜は眠る時間だと心得ていればな。

それに、な。

儂は知っている。あれは「這うもの」なんかじゃない。あれは儂の見間違い。儂は「這うもの」の正体を知っているんだ。「這うもの」なんて迷信だ。この世にそんなものは存在しない。

え？　じゃあ、儂の見たものはなんだったのかって？

夢だったのか？　いや、夢じゃない。むしろ、夢だったらよかったんだが。「這うもの」なんか、この世に存在しないのだよ。あんなもの、迷信だ。勝手に妄想して造りだしたものだ。

なぜそう言い切れるのかって？

言い切れるのさ。なにしろ、儂はあの「這うもの」の顔を知っていた。

女の顔、二人を知っていた。

そうだとも、儂は近所にある伯父《おじ》の農場に通っていた。毎日忙しく働いていた。

独裁的で、多少乱暴なところはあったけれど、たくましくて、よく働く、声の大きい、家族を威圧し支配するあの伯父の農場——

何がきっかけで切れるか分からない、突然道具を放り出し、どなり出し、口角に泡を溜《た》めて灰色の目で叫び出すあの伯父——

そうともさ、あれが「這うもの」のはずはない。

あれはあの日、伯父が伯母《おば》といとこの娘を殴り殺し、麻袋に二人を詰め込んで、それを夜中に引きずっていくところだったのだから。

確かに、元々粗暴ではあったものの、あの頃の伯父は変だった。少しずつ壊れていっていた。常軌を逸したふるまいに、皆が怯《おび》えていたのは事実だ。後から分かったことだが、伯父の頭の中には大きな腫《は》れものができていたらしい。それが常にどこかを圧迫して、伯父の神経を苛《さいな》み、苦しめていたらしい。

それがあの晩伯父の身体を乗っ取り、何かを爆発させたのだ。

発見された時、伯父はもう、まともな言葉を話していなかった。

極度の興奮を通り越し、虚脱状態で、それでも麻袋に付けた縄をしっかりとつかみ、夜明けの丘をじりじりと袋を引いて歩いていたという。

ああ、そうさ、「這うもの」なんかじゃない。

あれは人間だった。伯父と伯母といとこの娘。

生きてる人間が死んだ人間を引きずっていただけだ。

泣くんじゃない。怖いことなどない。「這うもの」なんかいないし、この家には家族しかいない。

さあ、泣き止んでくれ。そして、眠りにつくがいい。


ああ、分かっている。おまえが泣き止まないのは怖いからではない。

儂《わし》が伯父を恐れたように、おまえも粗暴な父親を恐れているのだろう？　分かっている、あいつは暴君だ、家族を支配し、自分よりも弱い誰かを痛めつけていないと自分の存在を感じることができないのだ。

あいつは伯父にそっくりだ。もっと悪いことに、少なくとも伯父はよく働いて家族を養うことだけはできていたというのに、あいつは働くことすらしない。

ああ、ぶたれたところが痛むんだな？　あいつはわが子ですら手加減をせず、わが子の腫れ上がった顔を見ても同情しない。妻子を狩られたウサギのように怯えさせ、妻の背中を丸め、子供に暗い目をさせる。

そうとも、おまえは間違っていない。おまえのママだって、こうしなければ殺されていただろう。おまえがおまえのママをかばい、あいつを転ばせたのは、自分たちを守るためだ。ママを守るためだ。

打ちどころが悪かったのは、あいつの持って生まれた運だ。一瞬で死ねたなんて、あいつにしちゃあ上等な死に方だよ。しかも、自分の死のおかげで、家族を幸せにできたんだからな。

ああ、泣くんじゃない。おまえのせいじゃない。誰のせいでもない。あいつのせい、儂の伯父のせい、あの丘のせい、あの屋敷のせいさ。

泣き止んで眠りにつくんだ、おまえが寝ているうちに、儂とおまえのママとであいつをどこかに埋めてくる。いや、あいつが勝手に足を滑らせたんだ、事故だと報告すればいい。いやいや、やはりどこかに埋めるのがいい。死体さえなければ、何もなかったことになる。あいつは家を飛び出していって戻らないことにすればいい。

そうさ、「這うもの」だと言って、夜中にあいつを麻袋に入れて引きずっていこう。遠い丘、遠い崖《がけ》、遠い森の中にあいつを葬ろう。

だからおまえは心配せずにおやすみ。

これは嫌な夢だ、たまに見てしまう嫌な夢。うなされたり、枕に涙の跡を残してしまうようなひどい夢。

だけどこれは目覚めれば終わり。しょせん、夢は夢に過ぎない。おまえの将来はまだこれから。明日からは何も心配せずに昼間がむしゃらに暮らせばいい。明日の夜からはぐっすりと眠れる。

なぜ泣く？

なぜきょろきょろする？

何に怯えているんだ？

え？

聞こえる？

何が？

儂には何も聞こえないぞ。引きずるような音？　壁の向こうから？

いいや、儂は聞こえない。おまえの気のせいだ。

だいじょうぶだ、何も聞こえない。こんなに静かな夜じゃないか。とても静かで、月の光の明るい、少し風が生ぬるい時もあるけど、肌寒い静かな夜じゃないか。

複数？

丘の向こうから、幾つも音が近づいてくるって？

そんな馬鹿な、儂には何も聞こえない。

知っているだろう、儂は知っている、「這うもの」なんかいない。この世にそんなものは存在しない。あれは我々が造り出したもの。何かを恐れる気持ち、何かを嫌だと思う気持ち、そういう気持ちが勝手に造り出してしまった妄想なのだから。
聞こえるのか?
聞こえるのか?
おまえには、ほんとうに奴らの音が聞こえるのか?
そこに穴がある。
月の光の射し込む小さな穴。
そこから何かが見えるなんてはずは。

素敵なあなた

ほうら、着きましてよ。

そうです、あそこです。あの丘の上の。

ええ、ずいぶん探し回りましたわ。なにしろ、ちょっと変わったご要望でございましたので、私どもも苦労いたしました。あちこちにお願いして、お話を伺って、ここを見つけた時には、正直な話、心底ホッとしたものでございます。

ええ、もちろん。もちろんですとも。それが私どもの仕事。私どもは、お客様のご希望に沿うものを見つけだすことが第一と考えておりますので。

今、門の鍵《かぎ》を外します。まあ、大きな鍵だこと。よかった、思ったよりずっとスムーズに動くわ。

そこ、気を付けてくださいまし。

その辺り、でこぼこしてますでしょ。ウサギの巣穴がありますわ、足を突っ込まないように。ウサギの巣穴って、存外危ないものですのよ。私の知り合いは、ウサギの穴に足を取られ、ひどくくじいてしまって、しばらく動けない状態が続いたら、そのま寝ついて帰らぬ人になってしまったんです。そう、あっというまでした。足をくじいて半年後には棺《ひつぎ》に釘《くぎ》を打っていたんじゃなかったかしら。

さあ、詳しい理由は存じません。怪我したところから何か黴菌《ばいきん》でも入ったのかもしれませんわね。ずっと横になっているのって、つらいものなんですわね。二週間も寝ていてごらんなさいな、筋肉がすっかりなくなってしまいますから。

もちろん、ちゃんと手を入れますわ。玄関口までは石畳にしようと思ってますの。ウサギの穴も潰《つぶ》せますし、雨が降ってもぬかるみませんでしょ。

いいえ、この辺りはそんなに雨は多くないようです。ここ数日は天気が好《よ》かったので、道が乾いていてようございました。

ただ、風がねえ。

風は強いようですわ。なにしろ、見てのとおり丘の上の吹きさらしですから、風がひゅうう、ひゅううと吹きつけるそうですの。

あそこにいっぽん、大きな木がございますわね。あの木が、夏はむくどりの群れのように、冬は鞭《むち》のように鳴るんだそうですの。

夏はざわざわと、冬はぴしりぴしりと。

私、風が苦手なんですの。

子供の頃のことを思い出してしまって。風の音が怖くて、ベッドに潜り込んで枕で耳を塞《ふさ》いでいた日々のことを。風が強い夜はいつも思い出すんですの。

しばらく人が住んでいなかった割には綺麗《きれい》でしょう？

いい材料を使って、腕のいい大工が建てたに違いありませんわ。元々のモノがよくてしっかりしているので、ちゃんと掃除をしてお手入れをすれば、すぐに住めるようになります。このごろでは、なかなかこういう家は見つかりません。見た目はよくできているようでも、全然長持ちしませんの。化粧板ばかりにお金を掛けて、中の梁《はり》はすかすかだったりするんです。ええ、もちろん、お望みとあらば、すぐにでも業者を手配いたします。

ポーチもそんなに傷《いた》んでいません。壊れた板を張りかえれば、見違えるように綺麗になりますことよ。小さなぶらんこを下げることだってできますわ。白いペンキを塗った、ゆらゆら揺れるぶらんこを。ポーチでぶらんこが揺れていると、誰でも心が休まるものです。小さな子供でも乗っていたら、なんとも可愛らしい、絵になる風景でしょう。

あら、外はもうよろしいのね？

はい、はい、玄関を開けましょう。早く中をご覧になりたいのね。

さあ、どうぞ。

どうぞ、中へ。

あなたのお望みのものがここにあるとよいのですが。

まあ、不思議ですこと。

とても、しばらく空き家だったとは思えませんわね。そうじゃありません？

仕事柄、いろいろなお宅にお邪魔しますけれど、どんなに豪華なおうちでも、人が住んでいないと家はたちまち荒《すさ》みます。なんともいえない、饐《す》えた匂いとでもいいましょうか、主《あるじ》なき家特有の匂いがあるんですの。

なのに、ここはどうでしょう。この空気。この気配。

まるで、ついさっきまで誰かがいたみたいじゃありませんか。誰かがここを通った息遣いがまだ残っているようじゃありません？　吐息が、足音が、衣《きぬ》ずれの音が漂っているような気がしません？

ああ、とても不思議。いえいえ、どうやらここを訪れるのは、前の主が去ってから私たちが最初のようですわ。まあ、ここの来歴を知ったら、訪れるどころか近寄る人もいないでしょうよ。

そんな場所だからこそ、私たちはここに居るわけですから。

なんだか、風が強くなったようですわね。

廊下の奥の窓から、あの木が見えますわ。

風に、あの木が揺れていますわ。

まるで手まねきをしているよう。こちらに向かって手を振っているよう。

台所をご覧になりたいの？

まあ、いきなりメイン・ディッシュを召し上がろうというのね。ずいぶんせっかちな方ですこと。

さんざん待たされたんだから、ですって？　仕方ありませんわ、特殊なご要望でしたから、こちらも、条件に合うものを見つけるのが大変だったんですもの。お時間はいただくと申し上げたはず。ええ、ほんとうに、大変でした。子供だましの、ちゃちな噂に何度無駄足を踏まされたことか。

この、本物の家に辿《たど》り着くまでに。


さあ、台所です。

あなたもご存じなのでしょう？　この家のことはご自分で調べてらっしゃるんでしょ？

さっきから脇に抱えておられる紙挟みに、過去の新聞記事を詰めこんでらっしゃるのでしょう？　何度も舐《な》めるように記事を読み返し、記事は指の跡でかすかに湿っているのでしょうね。さぞかし、この家の忌まわしい歴史に胸を躍らせているのでしょう。

明るい場所ですわね。

とても明るく、気持ちのいい台所ですわ。

ここで忌まわしい出来事があったなんて、とても信じられないほど。

そこの床に扉がありますわね。小さな撥《は》ね上げ戸。地下に貯蔵庫がございます。今は空っぽですけれど、かつては沢山の罎《びん》が並んでいました。大勢の攫《さら》われてきた子供たちの肉が。野菜のピクルスやアンズのジャムと一緒に。整然と、酢漬けや塩漬けになっていたんですわ、

ここで解体されていたんです、子供たちは。いったい何人が罎詰《びんづめ》にされていたのか未《いま》だに分からないとか。

ああ、そうそう、料理女の姉妹の事件もありましたわね。ある晴れた午後、パイを焼きながら突然殺し合いを始めた二人。発見されるまでしばらく掛かって、パイの匂いと遺体の腐臭が混ざりあって凄《すさ》まじいことになっていたとか。

不思議ですわね。

不思議ですわね、こんな明るい場所なのに。そんなことがあった場所だとは思えな

いどころか、女たちが黙々と料理をこしらえている、生き生きとした情景が目に浮かんでしまいますの。私も何か手伝わなきゃ、リンゴでも刻まなきゃという気にさせられますの。台所は女の城。女はここに入ったら、とにもかくにもお湯を沸かし、きびきびと動き始めなきゃならないんですの。

え？

ああ、これですか。銀のナイフですわね。あら、私ったら、いつのまにか引き出しを開けて。すっかり錆《さ》びたカトラリーが少しだけ残っていて。

ほら、戻しましたわ。お気になさらないで。私、子供の頃からすぐに空想の世界に入り込んでしまって、しょっちゅう水たまりに足を突っ込んでしまったり、ウサギの穴に引っ掛かって足をくじいてしまったり。いつもふわふわとぼんやりしているから、綿菓子ちゃん、と呼ばれていたんですのよ。ほほほ、今じゃそんな面影もございませんけどね。

こちらが書斎です。古めかしいカーテンが残っていますわ。まあ、これもかなり上質なものです。絹糸の刺繍《ししゅう》がまだこんなに艶《つや》やかで、光沢も残っています。壁紙も、相当いいものを使っている。

ああ、そこです。床が擦り減って、窪《くぼ》んでいるでしょう。そこに、子供たちの肉を食べていた男がいつも座っていたんですわ。揺り椅子に揺られながら、女が捧《ささ》げ持ってくる子供たちの肉を食べていた男が。

触っていらっしゃる。

椅子の窪みの跡を、あなたは触っていらっしゃる。

とても愛《いと》おしそうに、うっとりとした目つきで。

私は窓に気を取られている。

廊下の奥の窓越しに見える、いっぽんの木が揺れているのから目が離せない。

そうそう、そこの裏口のところに倒れていたそうです。

ええ、あの少年。一人暮らしの年寄りの家に入り込んでは、むごたらしい方法で、次々と殺していたあの少年。物盗《ものと》りが目的じゃなかった。ただ、殺したいがために。

写真を見て驚きましたわ。天使のようにあどけない顔をした、虫も殺せないような美少年じゃありませんか。

どうしてここに来て自殺したんでしょうね。

聞くところによると、この家には一度訪ねてきていたそうです。火傷《やけど》を負っていたので、手当てしてやったと。恩義でも感じていたんでしょうか、この家の住人は殺されずに済んだんだとか。ひょっとして、女の人だったたし、思慕の情でも抱いていたのかしら。

奇妙なことに、床下に身体を突っ込むようにして亡くなっていたんですって。何をしようとしていたんでしょう。ウサギの巣穴くらいしかないのに。

自分で首を掻《か》き切って。血が奇妙な形で広がっていたそうですわ。まるで何かがその上を這《は》ったような、奇妙な鱗《うろこ》に似た跡があったって。

いえ、その少年が自殺する前に、立て続けに三人の同級生が亡くなったのとは関係がないという話です。それも不思議な話ですわね。彼らは同じ夜に首を吊《つ》ったのですわ。発作的に、家族がちょっと目を離した隙に。

どうしてでしょう。どうしていつも大人たちは、自分たちもかつては子供たちだったのに、子供たちのことが理解できないんでしょうね。

風の音が窓を揺らしていますわ。

強い風が。あの音が嫌いなんですの。

嫌なことを思い出しそうになってしまって。

この辺りの土地は、とても古くから人が住んでいたそうです。ええ、先史時代から、先住民族の遺跡も残っていたりして。この丘も、人工的なものじゃないかと言われてますわ。誰かのお墓だったのかもしれませんし、もしかすると聖地だったのかも。死者の丘という説もございます。古くから残る伝説で、死者を守るために、大きな蛇に似た、夜目の利く化け物が、夜な夜な丘を徘徊《はいかい》して誰も近寄らせなかったとか。

二階にいらっしゃる？

上がってみましょうか。階段も、まだしっかりしていますわね。これなら上がれるでしょう。足元、しっかりご覧になって。

まあ、二階も明るいこと。

とても、そういう家が好きな人たちが集まってきそうには思えませんわね。ただの長閑《のどか》な、見晴らしのよい田舎の家。こんな気持ちのいい家なのに。

時々、不届きな輩が入りこんで、奇妙なものを残していったりしたそうです。いえいえ、今はしっかりした管理会社に替わって、定期的に周りを調べているのでそんなことはありませんのよ。

なんでも、等身大の木彫りの人形が幾つも家の中に放置してあったとか。男の人形や、女の人形。同じ人が彫った、とても奇妙な、拙《つたな》い人形だったそう。何を考えているのか分かりませんわ、ああいう、マニア、ですか、そういった種類の人たちは。

そうそう、この窓。

この窓に、時々女の影が見えるんですって。

無人の家のはずなのに、女の影が。

今、私を見ている誰かもびっくりしているかもしれませんわね。ほほほ、結局、そういうことなんじゃないかしら、管理会社の人間や案内人を見て、違う影を見てしまうのではないかしら。しょせん、そういうものなんですわ。人は、何かを見ているようで見ていないんですの。自分の見たいものを見る。見たくないものは見えない。

ねえ、そう思いませんこと？


え？

今なんとおっしゃったの？

おっしゃる意味が分かりませんわ。

私？　何が私だったとおっしゃるの？

二階の影？

それが私だと？　皆が見てきた、二階の幽霊が私ですって？

ほほほ、いやですわ、今話したばかりじゃありませんか、こんなふうに案内してきた人間を見間違えたのだと。

え？　服？　私の服がどうしたと？

そんな服を今は誰も着ていない？　あらまあ、殿方にどうして女性の服など分かるでしょう。裾《すそ》の長い、青いドレス。ええ、私の好きな服。どこにでもある、モスリンの普段着ですわ。

昔の人間？　この私が？　いきなり何を言い出すのかしら。

ほほほ、ご冗談が過ぎると、いくらお客様でも。特殊なご要望をされるだけでなく、こんな悪戯《いたずら》もなさるのね。

何をなさるの！

聖水？　そこでかざしているのは十字架？　失礼な、私を悪魔みたいに扱うなんて！　いくらなんでも悪ふざけがひどすぎます！　ほら、こんなに濡《ぬ》れて——

あ。

あ。濡れてない。床が濡れている。私は濡れていない。そんなはずは。

まさか、そんなはずは。そんなはずは。

分かったわ、この家が私を混乱させているの、この忌まわしい来歴を持つ家、数々の住民や近隣の者を惑わせてきた家、家の持つ記憶が私を陥れようとしているのよ！

出なければ、この家から出なければ。

階段を下りる。ギシギシ階段が鳴る。ぴしりぴしりと木の枝が鳴る。ざわざわと木が揺れる。風の音がますます強くなる。丘の上の家、吹きさらしの家に当たる風が。

まだ追いかけてくる、誰かが追いかけてくる、黒い服を着た男、聖水だという水を振りかけようとする男、幽霊屋敷を探していると言った男、ホンモノの家を探しているので協力してほしいと言った男、私のお客、どこかで見たことのある、素敵なあなた。

男が背中で何かを叫んでいる、誰もあなたを責めてなんかいない、ひいおばあちゃん。

ひいおばあちゃん？

いったい誰のこと？

影が私を追いかけてくる、どこかで見た男、あなたの面影。

あなた。

そうだわ、あなたの面影があの男に。後ろから追ってくる、あの男に。

そうよ、こんな風の強い晩、素敵なあなたと暮らしていたこの家、あたしたちが建てたこの家、村いちばんの大工さんを呼んで、造ってもらったこの家。大きな木がいっぽん、丘に立っている、この家のそばに。

ここは聖地だからやめたほうがいい、この丘の上だけは。ここは夜になると何かがやってきて、我々を追い払う。悪いことは言わない、もっといい土地を紹介しよう。

近所の人たちは真顔であなたを止める。あなたは笑って取り合わない、日当たりもよく、水はけのよいこの場所、丘にぽつんと生えている大きな木の隣が気に入ったのだ。

金槌《かなづち》の明るい音が響き、家は完成する。

夏は涼しい木陰を作り、冬は枝を鳴らして。

ざわざわと。ぴしりぴしりと。

そうなの、風の強い日は嫌い、砂が飛んできて目に入るから。

家の前の道は石畳にしなくっちゃ、ぬかるんだりして危ないわあなた、ウサギの穴とか。どういうわけか、ウサギたちはみんなあの道に巣をこしらえるのよ。

僕の綿菓子ちゃん、君は本当にうっかりしているからね。よし、週末にあの穴を埋めよう。

素敵なあなたがそう笑いかける。

ええそうなの、私が悪いの、いつもぼんやりしていて空想ばかり。四つになった娘のほうがよほどしっかりしていたわ。生まれたばかりの坊やを抱っこして歩いていると、気を付けているつもりでも、しょっちゅう何かに躓《つまず》いていた。

僕の綿菓子ちゃん。

あの日も風が強くて、早く家に入りたかった。目に砂が入って、私、よろけてしまった。よろけた拍子に、あなたが週末に埋めるはずのウサギの穴、もうすぐなくなるはずのウサギの穴に足が引っ掛かって、私、転んでしまったの。

あなたは呼び出された、近所の家の牛のお産に呼び出された、農作業中に。

四つの娘は、はしかに罹《かか》って、治りかけだったので母のところに預けていたわ。生まれたばかりの坊やにうつさないように。

私は、あなたの留守中に、ウサギの穴に足を取られて転んでしまったの。

生まれたばかりの坊やを抱いたまま。

あなたが作業中のまま、置いていったピッチフォークの上、荷車に立てかけておいたのが風で倒れた、ピッチフォークの上に。

ああ、坊やと私の血が、奇妙な形で広がっていく。地面に染み込んでいく。奇妙な音、何かが這《は》うような音、何かが這ったような鱗《うろこ》の跡が私と坊やの血の上に残る。

私は家の中にいる。

私は熱に浮かされている。傷口から何か悪いものが入ったらしく、坊やのことも知らず熱に苦しみ、ベッドに縛りつけられている。

あなたの絶望、あなたの後悔、私のそばで嘆き悲しむあなたを感じながら、私は熱に浮かされていたの。

私はもう助からない。

げっそりとやつれ、面変《おもが》わりしたあなたに向かって、医者は首を振り、あなたはもう涙すら出ない。近親者が呼ばれる。

建てたばかりのこの家、私たちのこの家で、あなたはもうすぐ独りぼっちになってしまう。あなた、ごめんなさい、私が悪いの、あなたのせいではないのよ。ねえ、坊やはどこにいるのかしら？　泣き声がしないわ。

あなたは呻《うめ》き、天を仰ぐ。

風の音が響く、窓を鳴らし、私たちの家を打つ。鞭《むち》のように、嘲笑《ちようしよう》のように。

あなたはよろけながら、部屋を出ていく。廊下の奥の窓の向こうに、揺れる木が見える。あなたはそちらに向かって歩いていく。

あなた、どこへ行くの。私を置いて、どこに行こうとしているの。

私は起き上がる、ベッドの上に起き上がる、青いドレスを着たまま。ベッドには私の身体が残されている。蒼《あお》ざめて頰のこけた、もう息をしていない私が残っている。

私はあなたを追う。

あなた、待って、どこへ行くのあなた。

あなたは家を出て、吹きすさぶ風の中、一歩一歩、酔っぱらいのような足取りで、揺れている大きな木に近づく。

私はあなたが手に何か持っているのに気付く、荒縄の塊を持っているあなたに気付く。

あなた、何をするの？

私は必死に叫ぶ。

やめて、私を置いていかないで！

あなたは木の枝に縄を掛ける、風が吹きすさぶ、嘲《あざけ》るように、あなたに鞭打つように。

青いドレスの私、私の肉体を家の中に残してきた私は声にならない声で叫ぶ。

風が木を揺らし、ぶらさがったあなたを揺らす。

ああ、こんなにも明るい午後。

あの日もこんな風が吹いていた。

私は家を飛び出した。後ろから私の曾孫《ひまご》が追いかけてくる。あなたに似た、あなたの面影を残した私たちの子孫が。

私はハッとして、一瞬、足が止まる。

木陰に誰かがいる。

あなただ。あなたがそこにいた。あなたは手まねきする。

私の中に、歓喜が弾《はじ》ける。

そこにいたのね。

ああ、僕の可愛い綿菓子ちゃん。あなたが手を広げ、にっこりと笑う。

木の下で、にこにこしながら私を待っているあなた。

私はあなたに向かって駆けていく。

素敵なあなた、ずっとずっと探していたあなたの胸に飛び込むために、笑いながら風の中を駆けていく。

俺と彼らと彼女たち

ああ、あの家のことが聞きたいの。

丘の上の家ね。

うん、あの家、修理したのは俺だ。うちは代々、大工の家系でね。

建てたのはうちの先祖じゃないな。俺は、頼まれて八つ先の駅から来た。うん、バケモノ屋敷だってんで、この辺りの大工は怖がって引き受けなかったらしいな。

怖くなかったかって？

うーん。俺は、そういうの、気にしないことにしてる。この世に怖いもんはいろいろあるが、生きてる人間のほうがよっぽど怖いからな。うちの親父がよく言ってたよ。生きてる人間は悪さするが、死んでる奴はしない。死んでる人間なんざ、可愛いもんだって。

そりゃ、たいへんだったよ。いや、俺はよかったんだけど、一緒に連れてった若いのがもう、えらくビビっちまってねえ。

なんつうか、ビルは、結構そういうのに敏感な奴でね。それまでにも何度か、古い家を普請《ふしん》しに行った時、真っ青になってた時があった。

バケモノが怖いから仕事しないなんて、いい歳して仲間の手前言えないだろ。でも、いつだったか、どうしても入りたがらない部屋があるんで「どうしたんだ」って言ったら、親方、あそこの隅にずっと真っ赤な婆さんが立ってる、あの部屋だけは勘弁してくれって泣きつかれた。決してサボったり手を抜いたりする奴じゃないし、腕は確かだから、みんなぽかんとしてたけど、その時はその部屋は他の奴がやった。そいつもさすがに気味悪そうだったがね。うん、なんでも、家の権利を騙《だま》し取られて、元の持ち主だった婆さんが、その部屋の梁《はり》で首吊《つ》ったらしい。

あの家の噂は聞いたことがあった。

長いこと空き家になってて、いい加減取り壊すだろうと言われてたのに、買い手がついたんだ。なんでも、住むのは作家先生だってえ話だ。モノ好きもいるもんだね。だけど、そのまんまじゃとても人が住める状態じゃない。引き渡し日が決まってて、前金まで受け取ってた不動産屋は焦ってた。なにしろ、誰も修理を引き受けないんでね。手間賃を倍にしても、地元じゃ誰もやらないって話だ。よそから「じゃあ俺が」っていって何人か大工が来たらしいが、みんな一日で逃げちまったらしい。大工仲間からうちに連絡が来て、「どうだ、おめえならできるんじゃないか」ってことになったんだ。

「そんなにすげえのか」と聞いたら、「てんこもりさ」という答え。

そんな場所にビルを連れてくのはやめようかと思ったが、ちょうどその頃、別の現場と重なってて人手が足りなかったし、ビルも、赤ん坊が生まれるんで少しでも稼ぎたいっていうんで連れていったんだ。

だけど、現場に着いてみたら、想像を超えてたね。

丘のところに家が見えてきたとたん、ビルが凍りつくのが分かったくらいだ。

確かに、一目見た時、俺も、ああ、こいつはヤバイな、とは思った。

え？　そりゃ、分かるよ。

あの手の家ってのは、えてして暗いんだ。空が明るくても、晴れた日でも、そこだけ明かりが消えてるみたいに暗い。それに、どこかザラザラしてるんだな。そこだけ古い映画観てるみたいに、なんだかきめが粗いんだ。どうしてなんだろうな。死んだ人間がいるってことは、そいつが生きてた時の古い時間が混じってるってことだろ。そのせいであんなふうに見えるんじゃないかね。

とにかく、仕事だ。時間はないし、三倍にまで跳ね上がった手間賃は、あくまで成功報酬で、客の引き渡し日までに仕上げるのが条件だ。終わらせなきゃならん。一分でも時間は惜しい。

ビルもそのことはよく分かってたが、やっこさん、入口の前の坂んところで立ち止まったまま、動けないんだよ。

俺は知らんぷりして「早く来い、ビル。とっとと見積もりしないと、作業に掛かれないぞ」と先に立って屋敷に入っていった。

「へえ」

ビルは、それこそ幽霊みたいな顔をして入ってきた。足を踏み入れたとたん、息を呑《の》むのが分かった。

「どうした、ビル？」

「いえ、なんでもありません」

ビルは消え入りそうな声で、俺の後についてきた。

「時間がない。手分けしよう。おまえは二階を頼む。ある程度の資材は前に来た大工が調達しといてくれたが、たぶん足りないからな」

「は、はい」

奴がへっぴり腰で階段を上る音を聞きながら、俺は台所から始めた。水回りは、思わぬところから水漏れして根太《ねだ》が腐っていたりして、開けてみないと分からん。

なかなか明るい、いい台所だった。あちこちめくってみたが、水漏れもなさそうだ。

しかし、どこか異様な、饐《す》えた、焦げくさい匂いがすることには気付いていたが。

その時、二階から「ひぃーっ」という悲鳴が聞こえた。

「ビル？」

廊下に飛び出し、階段の下から声を掛けてみるが、返事はない。

俺は二階に上がってみた。

見ると、奴は、二階の廊下の奥のところで尻餅《しりもち》をついてた。

もう、真っ青なんてもんじゃない。顔は土気色でガタガタ震え、目玉は飛び出しそうな有様だ。

「なんだ、どうした」

「親方……親方、俺、やっぱり駄目だ。すみません。この家は、駄目だ。許してください。こんなにいっぱい……こんなの、見たことない」

ビルは目に涙をいっぱい溜《た》めて、よろよろと階段のほうに這《は》っていった。

「おい、そんな。待てよ、ビル」

俺は慌てた。ビルに逃げられたんじゃ、家一軒の修理なんて無理だ。

が、ビルはすっかり怖気《おじけ》づいていて、身体をかがめて階段を下りていこうとする。

「ちょっと待て、それは困る。せめて」

そう言いかけた時、ビルはふと顔を上げ、俺の後ろを見た。

全身がビクンとのけぞり、恐怖に目が見開かれる。そのまま、後ろに倒れ込む。

「わああ」

「ビル」

腕をつかもうとしたが、一瞬遅かった。ビルはもんどりうって階段の下に転げ落ちていった。

肩の骨を折り、ビルは全治三週間。怪我していなかったとしても、奴は二度とあの屋敷に足を踏み入れなかっただろうけどね。

さて、困った。俺ひとりじゃさすがにどうにもならん。せっぱつまった俺は、仕方ないので、最後の手段を使うことにした。

親父を呼んだんだ。

親父は一応隠居しているが、大工の腕からいえばまだ現役バリバリだ。腕っぷしも強く、たぶん今俺と殴り合っても五分五分だろう。

親父を宥《なだ》めすかして引っ張り出すのにひと悶着《もんちゃく》あったが、二日ごとにウイスキー一本と煙草ひと箱で手を打ってもらった。

翌日、再び屋敷の前に降り立った俺は、親父の顔を見た。

「あれだよ」

親父は煙草を口に、苦虫を嚙《か》み潰《つぶ》したような顔で「ふん」と言った。

「なるほどな」

「だろ」

二人で坂を登る。

親父は足元を見て「ふん」と言った。崩れかけたウサギ穴が幾つも並んでいる。

「ここでも何人か死んでるな」

「うん。かわいそうに、赤ん坊も、な」

親父は提げてきた空き缶に煙草の吸殻を投げ込むと、玄関の手前に置いた。親父は、現場の中では絶対に煙草を吸わない。

「どれ、バケモノ屋敷に入るか」

二人で道具を抱えて家の中に入る。

ああ、もちろん。見えてたよ、俺にも。

ビルが、赤いばあさんを見てたのも、他のもな。

怖いこたぁ怖いが、実際、人間が長いこと住んでりゃ、そりゃあ死ぬよ、人間だもの。古い家なら、だいたい一人や二人いるだろ。

作業の邪魔さえしなけりゃ、数人ぱらぱら居たってどうでもいいけど、あの屋敷はちょっと多すぎたな。

親父が入るなり、「おいおい」とあきれた声を上げた。

俺も、前日はあきれたもんだ。

なにしろ、中には連中がぎっしり。子供が多かったなあ。瘠《や》せこけた、あどけない子供ばっかり。奥には、赤ん坊を抱いた、長いドレスを着た女もいた。大女二人が台所からこちらを覗《のぞ》きこんでいたし、車椅子に乗った年寄りも、がっしりした男もいたな。

「ほらほら、ちょっとどいた」

親父はそう一喝すると、作業道具を片手にずんずん中に入っていった。連中、一様にびっくりした顔になり、ササッと避《よ》ける。

俺と親父は、奥の部屋の、壊れかけた床を剥《は》がすことから始めた。窓が破れていて、長いあいだ雨風が吹き込んでたせいで、すっかり腐っていた。釘抜《くぎぬ》きとハンマーで手際よく順番に床板を外していく。

連中、俺たちを遠巻きにしていた。元々顔色の悪い連中だが、心なしか更に蒼《あお》ざめていたような気がする。不安そうに俺たちの作業を見守っていたが、やがてじりじりと近寄って来た。なんだか、不穏な空気だ。

「親父、なんか変だぜ」

「うん？」

奴らは、いつのまにか怖い顔をして俺たちを取り囲んでいた。

「ああ、なるほどな」

親父は苦虫を噛み潰したような顔のままぐるりと連中を見回す。無愛想極まりないが、これが親父の地顔なんだ。親父はドスの利いた声で宣言した。

「おい、言っとくが、俺たちはこの家を修理してるんだ。新しいご主人が来るんだと よ。俺たちが期日までに直さないと、この家はまた野ざらしだ。ご覧のとおり、直さないと住めない。今度野ざらしになったら、いくらしっかりした家でもあと十年ももちはしめえ。そうしたら、おまえらの棲《す》む場所もなくなっちまうぜ。十日やそこらの辛抱だ。邪魔しねえでくれるとありがてえな」

連中は、蒼ざめた顔で親父の話を聞いていたが、互いに顔を見合わせた。どうやら、俺たちがこの家を壊すと思っていたらしい。が、ぞろぞろ引き揚げていくところを見ると、話は通じたようだ。

それ以降、俺たちの作業は捗《はかど》った。

なにしろ、住人が協力的だったからな。それに、さすが、住んでる時間は連中のほうが長いんで、あちこち気になってた箇所を教えてくれた。

大女二人は台所に詳しく、床下の収納庫とオーブンはそっくり取り換えた。おかげで、最初に感じた饐えた嫌な匂いは消えた。

壁紙を張り替えるかどうか迷ったが、使われていたのはどれもかなり上質の壁紙で、少し拭《ふ》いてみたら、昔の色がちゃんと残っていたので、掃除するだけにとどめた。綺麗《きれい》な顔の男の子が、床下の柱が傷んでいるのを見せてくれ、そこも補強したし、ポーチの床も張り替え、赤ん坊を抱いた女の頼みで、目立たないけど中に空洞が広がっていたウサギの巣穴もしっかり埋めた。

家の横に立ってた木も、伸び放題になって枯れかけてた枝を払い、辺りを掃除した。家はすっかり見違えた。いや、元の造りが頑丈で、いいものを使っていたので、昔年のたたずまいを取り戻したんだ。

俺と親父が屋根に上がって葺《ふ》かれた板を直していると、連中がぞろぞろ出てきて、みんなで俺たちの作業しているところを満足げに見上げていた。

あと一日で、作業は無事終わる、というところまで来ていたんだ。

ところが、向こうのほうから一台の車がやってきた。

乗っているのは、どうやら、例の不動産屋と、その客らしい。

「なんだ？」

屋根の上にいた俺と親父は、じっとその車が家の前に乗りつけるのを見つめていた。

いつのまにか、連中はそそくさと家の中に入ってしまっている。連中、基本的にはとってもシャイなんだ。姿を見せたくなければ、隠れたままでいることもできる。

車から、自信満々の様子の不動産屋と、帽子をかぶった女が出てきた。女は、大きなスーツケースを持っている。

どうしてスーツケースなんて持ってるんだ、と思ったね。ほとんど終わったとはいうものの、まだ修理は終わってないんだから。

俺は不審なものを感じ、梯子《はしご》を伝い、屋根から降りた。

「まあ、すっかり見違えたわね。素晴らしいじゃないの」

女が家を見上げ、感心したように呟《つぶや》いた。

どうやら、この家をお買い上げになった本人らしい。

作家先生というから、すっかり男だと思い込んでたんだが、女だったんだな。

ぽっちゃりとした五十歳前後の女で、声は穏やかで、知的というんだろうか、静かで感じのいい人だった。

「でも、まだ修理、終わってないのね。もう終わってると思ったのに」

女は手に持ったスーツケースを見下ろした。かなりの年代物の、古いスーツケースだった。

「申し訳ありません、今日が引き渡しだと言ってあったんですがね」

えっ、と思った。

俺は、屋根の上の親父と顔を見合わせた。

俺たちが引き渡し日と聞いていたのは、明後日だった。

「私も、まさか引き渡し日に修理が完了していないとは思いませんでしたよ」

不動産屋は、「完了していない」に強いアクセントを置いて、ジロリと俺たちを見た。

俺と親父は再び顔を見合わせた。

もちろん、不動産屋の姑息《こそく》な手はすぐにピンときた。

成功報酬が前提の三倍の手間賃を払いたくないばっかりに、俺たちには引き渡し日を二日ばかり先に言い、客との契約書には今日の日付を書いている、という手だ。

俺たちとは口約束しかしてないんだから、客との契約書にある日が本当の引き渡し日で、自分は確かにその日付で言った、と言い張るつもりなのだろう。

むろん、ほとんど修理が完成している今頃にするのがポイントだ。この時点で俺たちが怒って現場を放棄してしまっても、あとはわずかな作業で済む。

親父も、ゆっくりと梯子を降りてきた。

「困るねえ、君たち。腕のいい大工だと聞いていたんだが」

不動産屋は、これ見よがしに顔をしかめた。頭を固めた整髪料が、夕陽にピカピカ光ってたね。

「これじゃあ、引き渡し時に完成してることが約束だった分の手間賃は払えないよ。それが当初の取り決めだったろう」

女に聞かせるのが目的なのが見え見えの台詞《せりふ》だった。

大工の作業が遅いせいで、自分が客との約束を破ったわけではない、というポーズさ。

「あら、でも、家が古くて、とても難しい作業が必要で、なかなか修理できる大工さんが見つからなかったって聞いてるわ。むしろ、これだけの期間にここまで直せたのって、相当凄《すご》いことなんじゃなくて？」

女がそう言ったので、不動産屋は「余計なことを」という顔をした。

なるほど、バケモノ屋敷なんで地元の大工は誰も引き受けてくれない、という話なんか、せっかく買ってくれたお客にできるはずはない。

親父は、無言でゆっくりと煙草に火を点《つ》けた。

俺と親父は、そっと家を振り向いた。

屋敷の窓に張り付くようにして、連中が中からことのなりゆきを見守っている。

俺たちが何の反論もせず無言なので、不動産屋は勢いづいたようだった。

「ま、確かによくやってはくれたよ、うん。仕上がりは悪くないし、庭や木の剪定《せんてい》までしてくれてるのは気がきいてる」

親父はふぅーっと煙を吐き出した。

「中の様子を見てみましょう。きちんとできてるかどうかご覧になって、気になるところがあったら何でもおっしゃってください」

不動産屋は、客に向かって大仰に振りかざし、先に立って屋敷の中に入っていった。

親父はピン、と煙草を玄関の前の缶の中に落とすと、俺と一緒に後についていく。

屋敷の中から俺たちを見ていた連中が、俺と親父に向かって、一斉に頷《うなず》くのが見えた。

「まあ、素敵。ちゃんと、古さを活《い》かして綺麗にしてくださってるのね。素晴らしいわ」

女が嬉《うれ》しそうな声を上げた。

この先生は、不動産屋と違って、どうやらまともな人らしい。俺たちの腕も理解してくれてるし、住人たちも、きっと新しい主人が気に入ることだろう。

「二階を見てもいいかしら？」

「どうぞどうぞ」

一緒に上がろうとする不動産屋を「ちょっと」と引き留めた。

不動産屋は、一瞬ぎょっとした顔をしたが、俺が静かに「台所の電気配線で、気になるところがあるんです」と台所を指差すと、「ああ」とおとなしくついてきた。

奴が台所に入ると、親父がばたんとドアを閉めた。

不動産屋は、「えっ？」と間抜けな声を上げた。

そこには、ぎっしりと、世にも恐ろしい形相をした連中が部屋を埋めていたからだ。

不動産屋は、自分が見ているものが信じられないようだった。

が、無意識のうちに後退《あとずさ》りし、台所から出ようと振り向くと、それまでドアの陰にいて、そっとドアの前に立ちふさがった、あちこちに血のシミのついた二人の大女を見て、悲鳴を上げた。

思わず飛びのいて、男は足の下にぽっかり空いていた奈落《ならく》に転がり落ちた。「いた」という声がし、少し間を置いて、金切り声が上がる。

俺たちと大女と、他の連中は、床下収納庫に落ち込んだ不動産屋を見下ろした。

髪を振り乱し、すっかりパニックに陥った男が、蒼《あお》ざめた子供たちに囲まれ、汗だくでこちらを見上げている。

俺は静かに声を掛けた。

「そこの収納庫ね、内側から戸を開けることはできないんですよ。だから、そこにいる子供たちもそこから出てこられなくて、みんな飢えて死んじまったらしいんだね。なんなら、ひと晩そこにいて、みんなの話を聞いてみるってのはいかがです？」

不動産屋は、ひいっ、というくぐもった声を上げた。

俺のあとを引き取って、親父がのんびり言う。

「ちゃんと手間賃を払っていただきたいんですよ。そこにいるみんなも、ここにいるみんなも、頑張って、新しい主人を迎えるために協力してくれたんでねえ。ね。素晴らしい住人たちじゃありませんか」

「はらう、はらうっ。はらうう」

甲高い声がして、がさがさ音がすると、剝《む》き出しの札束が飛んできて、床の上に散らばった。

「出してくれえ、ここからっ、早く、引き上げてくれっ」

親父はゆっくりと金を数え、俺に頷いてみせた。

俺は、持っていたハンマーを収納庫の中に差し入れ、男につかまらせると、親父と一緒に男を引っ張り上げた。

男は完全に動転しまくってたね。

何も言わず、二階にいた客も置き去りにして、転がるように屋敷を飛び出していった。

「領収書はいいのかねえ」

俺と親父は連中と一緒に、屋敷を飛び出していく男を眺めた。

男は、親父が玄関の前に置いた空き缶に見事に躓《つまず》くと、ばったりと倒れ、悲鳴を上げて地面を転がり回っていたが、泡を食って立ち上がると、車に乗り込んでえらい勢いで走っていってしまった。

「あらあ、あの人は？」

二階から女が降りてきた。

俺は肩をすくめてみせた。

「分かりません、何か、急用を思い出したらしいですよ。何も言わずに急いで行っちまいました」

「まあ、今日から住むつもりだったからいいけど。荷物は明日届く予定なの。でも、まだダメかしら？　いったん町に戻ったほうがいい？」

女は親父と俺を見た。親父は首を振った。

「いえ、もうじゅうぶん住めますよ。屋根は、あとものの三十分で終わりますし、明日は仕上げだけです。すみませんね、引き渡し日に終わってなくて」

「とんでもない。丁寧な、素晴らしい仕事だわ。ありがとう。嬉しいわ、こんな家に住むのが夢だったの」

女は、にっこりと笑った。

「そいつはよかった」

思わず、俺たちもつられて笑った。恐らくは、どこかで新しい主人を見ているあの連中も。

「もう少しで作業が終わるんだったら、一緒に一杯どう？　なんだか、祝杯を上げたい気分なの」

女は、スーツケースの中からワインのボトルを取り出した。

俺たちに異存があるはずもない。

すっかり綺麗《きれい》になった夕暮れのポーチで、俺たちは乾杯した。屋敷の窓の中から、連中がこちらを見て、一緒に喜んでいるのが分かった。

こんなふうに、俺と親父のあの屋敷での仕事は終わった。

な？　悪さをするのは生きてる人間だけだろ？　死んでる人間なんざ、可愛いもんさ。

私の家へようこそ

いらっしゃい、よく来てくれたわね。

こんな辺鄙《へんぴ》な場所だし。時間がかかったでしょ。

そう、本当に何もないところなのよ。

驚いた？　あたしが田舎になんて住めないと思ってたんでしょ？

知ってるわよ、みんなで賭《か》けてたってこと。大負けした？　あははは、残念でした。

車でいらした？　変ね、気付かなかったわ。ごめんなさい、玄関先でお待たせしちゃって。車が近づいてきたら、音で分かるはずなのに。

すぐに分かった？

まあ、見てのとおり、吹きさらしだものね。村の入口まで来れば嫌でも目に入るわ。人によっては、丘の上にうずくまる野ウサギみたいに見えるって言うの。

それがね、意外とお客さんがやってくるの。ホントよ。ここに越してきてから、週末に誰かがいなかったことなんてないんじゃないかしら。

思い立ってわざわざ行かないと行けない場所だからかしらね。ほら、いつでも行けると思うと、結局行かなかったりするでしょ。

正直、最初は慣れなかったわ。風の音や家鳴りの音、何より人の声のない静けさにね。でもそのうちに、ここはここで、別の意味で賑《にぎ》やかなところなんだって気付いたの。

どうしたの、膝《ひざ》をこすって。

入口の坂道で躓《つまず》いた？　ヘンね、何も躓くようなものはないんだけどなあ。そういえば、こないだ誰かも足をくじいてたわ。敷石でも飛び出してるのかしら。あとで見とくわね。

かなり手を入れたとはいえ、元の形はちっとも変わってないのよ。

ほら、昔の様式がそのまま残ってるでしょう。梁《はり》だって、柱だって、最初に建てた時のまま。腕のいい大工さんでね、立派に元の姿を取り戻してくれたわ。

ご覧のとおり、辺りは殺風景な丘が続くだけ。見るものなんか何もないのに、不思議とみんなゆっくりしていくの。

かえって落ち着く？　ああ、みんなそうも言うわ。あたししかいないのに、淋《さび》しい感じがしないって。なんだか人がいっぱいいるような気がするって。きっと、これまでに住んでた人たちの念が残ってるんじゃないかしらね。何しろ古い家だし、ずいぶん多くの人が住んでたみたいだもの。

人間って順応するのね。何もない、何もすることがないって分かってると、それはそれで何か娯《たの》しみをちゃんと見つけ出せるものなのよ。訪ねてきたみんなも、誰も文句は言わないわ。のんびりして、ぼーっとして、ゆっくりお喋《しゃべ》りしていくわ。

さあ、家の中を案内するわ。ここが台所。明るいでしょう? 気持ちのいい午後に、窓を開け放して本を読みながらコトコトシチューを煮たり、ジャガイモの皮を剝《む》いてるあいだに、いつのまにかオーブンから焼けたアップルパイの匂いがするのはいい気分よ。

不思議ね、甘いものはそんなに好きじゃなかったのに、この家で暮らすようになったらアップルパイが好きになったの。ま、前の家じゃそんな余裕なかったけどね。嗜好《しこう》が変わるって、ほんとにあるのね。以前は火を通した果物があんなに苦手だったのに、ここに来たら、時々無性に食べたくなるの。夜中に思い立って、いきなり焼き始めることもある。気がついたら、せっせと焼いてるってわけ。おかげでレシピもいろいろ研究したわ。リンゴの種類やら、粉の混ぜ加減やら、今ではちょっとしたものよ。今もアッアツのを焼いてるから、よかったら、ぜひあとで味見してちょうだい。

この扉? 地下に食糧庫があるの。撥《は》ね上げ戸になってて、中に下りられるわ。結構広いのよ。子供だったら何人か隠せるんじゃないかしら。

え?

ああ、なんとなく、そう思っただけよ。

小さい頃って、狭いところ好きだったじゃない？　あたし、おばあちゃんちの納屋の、狭い中二階の階段の踊り場を秘密基地にしていたわ。ちょうど、そんな感じの広さなの。

え？　そうなの？

知らなかったわ、連続失踪《しっそう》事件なんて。

ふうん、この辺りで起きてるの。誰も見つかってないの？　身代金の要求もなし？

子供が三人も？　それは物騒ね、親ごさんはさぞかし心配でしょうね。身代金目的じゃないとしたら、余計に。

全然。ここ二週間、こもりっきりで原稿書いてたからなあ。新聞も見てないわ。駅まで買いに行かなきゃならないんだもの。曜日も分からなくなるところだったわ。

夜、風の音を聞きながら仕事してると、世界中に一人きりなんじゃないかって思うわ。なんていうのかな、まるであたしがこの世界を夢見てるんじゃないか、世界はあたしの脳みその中だけに存在するんじゃないかって。

そんな不遜《ふそん》なものじゃないわよ。全能感というのとも違って——世界があたしを夢見てるのか、あたしが世界を夢見てるのか分からなくなるの。

あ、おかげさまでその原稿は上がって、今朝、家じゅう掃除したから、客間は綺麗よ。ご心配なく。

これが居間。なかなか渋いでしょ。

見て、あの壁紙。あれって、クリーニングはしたけど、家を建てた当時のままなんですって。本物のアンティークよ。金糸の入った、布の壁紙。まだ色が褪《あ》せていないわ。今じゃもう、同じものは作れないでしょうね。

何笑ってんのよ。

このロッキング・チェア？　おばあさんみたいだって？

違うわ、座ってたのはおじいさん。

んん？

あら、あたしったら、何言ってんのかしらね。分からないわ、突然、そう頭の中に浮かんだのよ。なんでだろ、おじいさん、だなんて。うちのおじいちゃん、ロッキング・チェアなんか使ってなかったんだけど。

なんとなく買ったのよ。この部屋のこの場所にロッキング・チェアがあったらいいなって。部屋の景色に収まりがいいんじゃないかと思ってさ。床の窪《くぼ》みにもぴったり合ったし。

あたしだって、馬鹿にしてたわ。ロッキング・チェアに腰掛けて、編み物でもしてたらほとんど日だまりのミス・マープルだわよ。まさかこのあたしがそんなことしようなんて、この家に来るまではこれっぽっちも考えたことなかったもの。

ははは、さすがに編み物はしないけどね。でも、ここに座ってゆらゆら揺れてると、結構なごむのよ。赤ん坊だって、揺りかご揺らしてると安心して眠るし、大人だってバスや電車の振動に眠くなる。貧乏揺すりだってさ、きっと赤ん坊の頃、子宮の中でうつらうつらしてた時のことを思い出して、心の安定を得ようとしてるんじゃないのかな。

まだ笑ってる。そんなこと言うんなら、座ってみなさいよ。揺らしてみて。

ほら。

ゆらゆら揺れて。なかなかいいでしょ。

え？　何？

喉《のど》が渇いた？

どうしたの、藪《やぶ》から棒に。だいじょうぶ？　待ってよ、具合でも悪いの？　お水持ってくるわ。一緒にキッチンに行く？

ああ、びっくりした、いきなり真っ青になるんだもの。

治まった？　おどかさないでよ、ケロッとしちゃって。

ふふ、ロッキング・チェアで酔っ払ったのかしら。

あら——待って。

そういえば。

あたしもそうなったことがあったわ——考えてみたら。あの椅子に座ってると、時々、やたら喉が渇くのよね。まるで塩漬け肉を飲み物なしで食べたみたいに、口の中がしょっぱくなるっていうか。

え、あんたもそう感じたの？　ふうん。ロッキング・チェアのせいかしら。ロッキング・チェアに座るとホルモンが分泌される、とか。ロッキング・チェアの揺れで脳を活性化、とか。これで一冊本が書けるかも。ビジネス本？　ハハ、売れそうにないわね。

まあ、いいや、キッチンに来たついでに、このままビール持ってポーチに行きましょ。お気に入りの、とても気持ちのいい場所なのよ。

ああ、もう夕暮れの風ね。今日は暖かくてほんとに気持ちいい。

この木、いいでしょう。いっぽんだけ、すっきりと立っていて。夏はたっぷり葉をつけて、ここに木陰を作ってくれるの。冬は空にくっきりと枝を伸ばして、丘の景色にアクセントをつけてくれるわ。

え？　おかしい？　まだ半年しか住んでないんだから、ここでの冬の景色なんか見てないだろうって？

あら、想像はつくわよ。少なくとも、冬そのものは何度も経験してるわけだし。とてもいい枝ぶりなの。ほら、あの枝。ちょうどいい高さにあるでしょ？

何がって、そりゃあ——なんだったかしら。

ちょうどいい。ふとそう思っただけなの。

ああ、いい風。


なんだか不思議議ね。

ずうっと前にも、誰かとこうして、ここに座って、こんな話をしていたような気がしない？　デジャ・ビュってやつか。

でも、感じるでしょう。ここではるか昔、同じことを誰かとしていたと、強く。

不思議で、懐かしくて、不安で、泣きたくなる。

あたしね、デジャ・ビュってなんだろうって最近よく考えるの。

っていうのも、この家に暮らしてると、たびたびこんなふうに、懐かしくて泣きたくなる瞬間が訪れるのよ。

そうね、静かな田舎に越してきて、いろいろ考える時間があるせいかしら。あんたも知ってのとおり、あのゴミゴミして、うるさくて、恐ろしくスピードの速い街なかに住んでた時は、なんにも考える暇なんてなかったものね。

昼も夜もなく、電子音と音楽と、雑踏と車のクラクションがひっきりなしに鳴り響く場所。決して嫌いじゃないのよ。あれはあれで好きだったし、今あそこに戻ったとしても、案外すんなり元の生活に戻っちゃうんじゃないかな。

都会にもデジャ・ビュはある。ただ、あまりにも生活に隙間がないんで、気がつくことが少ないだけよ。うるさいしね。いつも何かに気を取られないよう、意識を集中させてなきゃならない。

でも、ここは違うわ。

あたしね、ここに来て、考えたの。

デジャ・ビュって——笑わないでよ、デジャ・ビュって——実は、幽霊のことなんじゃないかって。

ひどい、やっぱり笑ったわね。

はいはい、とっぴな組み合わせってことは認めるわ。

でもさ、逆も言えるでしょ。

幽霊がデジャ・ビュの別の表現じゃないって、誰が言い切れるの？


ってていうのもね、数日前に、ヘンな人たちが訪ねてきたのよ。

特に害はなさそうなんだけど、いわゆる幽霊屋敷研究会ってやつ？　そういうのが好きな人がいることは知ってたけど、まさか自分ちにやってくるとは思わなかったわ。

ぞろぞろと、五、六人。

驚いたわねえ、名前を聞いたら驚くような、社会的な地位のある人も含め、大の大人が大真面目に調べてるんだもの。若い人もいた。

でね、この家って、その手のマニアには有名な幽霊屋敷だったんだってさ。

なんでも、そこの研究会って長い歴史があって、過去にもこの家を見に来たメンバーがいたんだって。その時はたまたま空き家になってた時期で、なんだか恐ろしい事件が起きたらしいんだけど、詳細は誰も知らなかったわ。ま、いかにもありそうな話よね。

でもね、真剣に議論してる彼らを見て、不思議な感じがしたの。っていっても、あたしだけ取り残されて、ぽかんとしてただけなんだけどさ。

彼らの熱心な話を聞きながら、あたしはずっと同じことを考えていたわ――

この世に幽霊屋敷じゃない屋敷なんてあるのかしらって。

人類が誕生して、べらぼうな数の人間がこの土地、この国、この世界に暮らしてきたのよね。多少は開拓されたとしても、人間が住める環境が限られてきた以上、同じ場所、同じ家に数えきれないくらいの人間が暮らしてきたわけでしょう。

あたしが今こうして座ってる場所にも、まさにこの同じところに、何人もの人が立ったり座ったり泣いたり笑ったりしてたんなら、そこにその人たちの記憶や想念が残ってたってちっとも不思議じゃない。聖地と呼ばれる場所に大勢の人間が祈りに来た記憶が蓄積されるのを感じるのが当然なら、普通の場所だって、沢山の記憶が積み重ねられている以上、その気配を感じるのも当然なんじゃないの？

土地の記憶、場所の記憶が内側に作用するか、外側に作用するか。それがデジャ・ビュと幽霊の違いなんだわ。

ああ、いい風。

あの大きな木の繁みの中を、風が吹き抜けていくわ。あの素敵な枝ぶり、首をくるのにぴったりな場所にある枝を揺らして。

こんな夕暮れ、あたしはデジャ・ビュを見る。ここに過ごしてきた人々の記憶を、ここで暮らした人々の想念を。

　面白いことにね、ここで暮らした人の中に、女性の作家が何人もいたらしいの。あたしで何人目なのかしら？　あたしがここに引き寄せられてきたのは、彼女たちの記憶のおかげかもね。

　部屋って不思議、家って不思議。どんなに素敵で立派な家でも、ここでは何も書けないと思う家と、ここなら何か書けそうと思う家がある。ホテルの部屋なんかもそうだわ。この部屋なら書ける、ダメ、ここでは書けない。入った瞬間に分かる。あたしも、彼女たちも、何かを感じていたのかしら、この家に？　過去の記憶を、積み重ねられた想念のデジャ・ビュを？

　空が透き通ってきたわ。

　殺風景な丘が、世界が、影絵になる。

　確かに不用心といえば、不用心ね。こんなご時世だし。

　丘の上の吹きさらしの一軒家、明かりが点《つ》いてるのも消えてるのも一目瞭然《りょうぜん》で、留守なのかそうでないかもバレバレ。強盗でも入ったらどうしよう、とは思うわ。

　でもね、だいじょうぶなの。

だいじょうぶなのよ。

なんでって——そんな気がするの。

あきれないで、根拠のない自信だっていうのも分かるわ。知ってるわよ、これまでひどい目に遭わなかったからって、この先も遭わない保証なんてどこにもないんだってこと。

だけどね、この丘は違うの。

ここは、護《まも》られてるのよ。

誰にって——誰かは知らないわ。

ますますあきれた顔ね。当然だけど。

でも、これ、ホント。ここは、先史時代からある丘なの。そもそも、丘だと思ってるこの場所が、自然の造形なのか、誰かが築いたマウンドなのかも分からないんだって。誰かが築いたんだとしたら、考えられるのはお墓か聖地。どちらにせよ、動かすことのできない、神聖な場所よね。だから、夜になると見張りが出るの。

さあね、見張りは見張りよ。誰かがここを破壊したり侵したりしないように、夜じゅう丘の上を見張ってるのよ。

作り話じゃないかって？

違うわよ、誰から聞いたのかは覚えてないけど。知ってるのよ、あたしは。その証拠に、夜中に見張りが這《は》う音が聞こえるわ。姿を見ちゃだめよ。彼らは姿を見られることをひどく嫌うから。

ふふふ、別に怖がらせようなんて思ってないって。まあ、夜中を楽しみにしててちょうだいよ。

風が冷たくなってきたわね。そろそろ中に入る？

居心地のいい、暖かい居間に行きましょう。

ああ、アップルパイの焼ける匂い。とてもいい匂いね。

焼きたてのアップルパイがお酒にも合うってこと、最近発見したわ。そろそろ、子供たちの頭もパイ生地の中で香ばしくなってるはず。

ううん、なんでもない、独り言。頭の中に時々浮かぶ、ただの言葉遊び、ただのデジャ・ビュに過ぎないのよ。

世界にはどれだけの人がいるのかしら？　五十億？　六十億？　生きてる人がそれだけいるのなら、亡くなった人はもっともっとたくさんね。その人たちはどこに立っているのかしら。どこに棲《す》んでいるのかしら。

世界はいよいよ積み重なっていく。**あたしたち**は果てしなく上書きされていくのね。

世界はみな**あたしたち**になる。世界はみな幽霊になっていく。いよいよ、世界はあたしたちの時代だわ。

ようこそ、私の家へ。

たくさんの記憶が積み重ねられた、**あたしたち**の家へ。

附記・われらの時代

以上が、Oの書いた小説の全文である。

この連作小説に出てくる、どれも同じものと思《おぼ》しき屋敷にモデルがあるのかどうかは分からない。けれど、Oの残したメモをぼんやり眺めているうちに、いろいろなことを思い出してきた。


繰り返し見る夢のひとつに、巨大な建造物の中にいる、というものがある。

その建造物が何なのかは、夢を見る度に異なる。自分の家のこともあるし、実家のこともある。学校だったり、商業施設だったりすることもあるし、誰かの屋敷やホテルだったりすることもある。共通するのは、どれも長年に亘《わた》って増改築を重ねたと思しき、古くてごちゃごちゃした、迷宮状態の建物だということだ。

よくあるパターンは、多くの人が出入りしているその巨大な建物の中で、トイレを探しているというものだ。ところが、ようやく探し当てたトイレはひどく汚れているか壊れている、もしくはみんなが順番を待っている、あるいはなぜかドアが壊れていて外から丸見えという状態であり、到底使用できる状態ではなく、我慢しながら他のトイレを探し続ける、というものなのだった。

たぶん実際に身体が尿意を覚えていたからそんな夢を見たのだろうが、人間にとって排泄《はいせつ》の場所とは、孤独な上に無防備になることから、永遠に恐怖の対象なのだ。幽霊は学校のトイレに出るし、怖い話を聞いて、夜に行けなくなるのはトイレである。なぜなら、誰もが怪異というものが必ず一人きりの時に訪れ、決して他者がいる時には現れず、限りなく個人的な体験であることを本能で知っているからだ。

そう、誰にも必ず訪れ、その存在については誰もが本能で知っているし、数限りなく描かれてきたが決して誰とも体験を共有できない、唯一無二に個人的な体験である「死」のように。


そんな建造物の中で、時々、おぼろげにこれは夢だと自覚しつつも「この場所、前にも来たことがあるな」と夢の中で考えていることがある。

昔から言われている「胡蝶《こちょう》の夢」の故事を引くまでもなく、夢の中での自分が目覚めた状態なのか、この夢から覚めた自分のほうが「現実」なのかは誰にも分からない。ただ、しばしば「夢の中での日常」が連続していると感じるのは確かである。そしてそれが「現実」ではずいぶんしばらくぶりに見る夢であるのに、夢の中での時間は前回の続きになっていることに驚く。そして、「夢の中での記憶」を蘇《よみがえ》らせようと必死に考えていたりする。そんな時に感じているのは、懐かしさと忌まわしさが入り混じった、置き忘れてきた何かがひたひたと自分に向かって押し寄せてくるような感覚で、夢の中の自分と夢を見ている自分とが、一緒になってじりじりと冷や汗を掻《か》いている。

また、鏡の中の女が動いた。

知らない顔だ。どこか非難めいた表情。私を忘れてしまったのと問いかける顔。

以前、「あなたの怖いものは何か」というアンケートの回答を集めたものを読んだことがある。その中のひとつに、慣れない場所で変な場所に鏡が置いてあって、思いがけない時に鏡の中で人が動き、よく見たらそれが鏡に映った自分だったこと、というのがあった。

そう、今の状態のように。

まだ慣れない家。まだ中途半端な荷ほどきしか済んでいない。あちこち「とりあえず」の場所に姿見や絵が立てかけてある。

今にして思えば、あの時。

今にして思えば、というのは、よく考えるとなかなか興味深いフレーズである。

この短いフレーズの中に現在と過去というふたつの時制があり、しかも過去が現在にのしかかり、現在を圧倒しようとしている瞬間を表しているような気がする。矛盾。相克。

今にして思えば、あの時既に予兆があったのだ——

今にして思えば、もうすっかり彼は変わってしまっていたのだ——

後付けで何かを正当化するには便利なフレーズでもある。

しかし、人間というものは、ある時何かが起きていたとして、その渦中にいる時にはそのことを自覚できず、理解もできないということがよくあるもので、しばらく経ってからその時いかに自分が異常な状態にあったか、奇妙な状況にいたか、ふと思い当たったりするのである。

よく転ぶ子供だった。

何もないところでなぜ転ぶのだとからかわれたり、あきれられたりした。

しかし、今にして思えば、穴は本当にあったのだ。道路の真ん中や、家の玄関の前に、ぽつんと黒い穴が開いていた。夏の朝、山鳩の声を聞きながら、公園の木の根元で覗《のぞ》きこんでいた、蟬たちの穴のような暗い穴が。

かつてはそこここに暗がりがあった。家の外はもちろん、家の中ですら、昼間でも影がじっとうずくまっているような場所があちこちにあって、そっと近づいてみたり覗きこんでみたりしたし、黄昏《たそがれ》が迫る頃はなるべく近寄らないようにしていたものである。

友人の家で、秘密基地を作ったのは、普段人気のない階段の踊り場だった。子供が二人座れば、いっぱいになってしまうくらいの小さなスペースである。窓があったけれど、北向きだったのであまり日は射さず、いつもひんやりとした暗がりになっていた。誰からも見られない、静かな暗がり。

薄暗い階段を上るたび、階上に誰かがいるような気がする。ひょいとあの日の子供たちがこちらを覗きこむのではないかと思う。

今にして思えば。

しばしば夢で訪れる巨大な建造物の中で、時々あまりの懐かしさに立ち尽くすことがある。夢の中では時間が連続していることもある。そこでは別の常識があり、別の時間が流れている。「夢の中での日常」はそちらでの日常であり、夢を見ることでその世界につかのま接続することができるのだ。

カーテン。

まだ新しいものが到着せず、とりあえずのつなぎで取り付けたカーテンが視界の隅にチラチラと入る。

カーテンが揺れている。お仕着せのもののため、サイズが合っていない。夏物と冬物を並べて目隠しにしているのだが、床から少し離れていて窓ガラスが見える。

ひんやりとした窓ガラス。

内側の光を映し、向こう側に暗い室内がある。

そこに足が見える。

見えにくいけれど、裸足《はだし》の、乾いた泥に汚れた足のようだ。がりがりに瘠《や》せている。

カーテンが揺れる。どこからか風が入ってくる。


丘の上に建つ屋敷のイメージがある。かつて読んだ本では、丘の上の屋敷は常に境界線上にあった。未来と過去であったり、この世と別の世であったりした。

根源的なイメージなのだろうか。地下の黄泉《よみ》の国とであれ、川の向こうの冥界《めいかい》であれ、そこには必ず境目に管理人がいる。あるいは希望だろうか。すべてを見ていてくれる、すべてを俯瞰《ふかん》し記録している何者かが存在していてほしいという、刹那《せつな》的な存在である人間たちの。

Oはメモにこう書いている。

幽霊屋敷とは何か。生の痕跡《こんせき》が残っている場所である。あるいは、「夢の中の日常」と「現実」との関係のように、複数の時間のずれのため、図らずも出現してしまった生の残滓《ざんし》なのではないか。ならば、生の記憶のあるところには必ず幽霊は存在するのではないだろうか。

Oの言いたいことが、今では分かるような分からないような。

階段の上に気配がある。

ゆっくりと歩く足音。いや、これは家鳴りだろうか。

あそこにはいつも誰かがいる。子供部屋にはハサミを持った女が潜み、寝室のベッドの下には殺人鬼が隠れている。

かつて肩越しに読んだ原稿には、いつもそんな物語が書かれていた。

足音に怯《おび》える女主人。夕餉《ゆうげ》の時間、帰ってきた夫は彼女の話を信じない。

怪異は決して他者のいるところでは起きない。何かは彼女が一人きりの時に起きる。

Oのメモの続き。

なぜ怪異は、世界で最も安全な場所のはずの「家」で起きるのだろうか。最もプライベートな、居心地のよいはずの場所。ヒロインたちは、「ここは私の家だ」と踏ん張り、居場所を確保しようとするが、やがては敗北し、家を追い出される。これは何かに似てはいないだろうか。居心地よく過ごし、何不自由ない生活を送っていたのに、ある日突然、半ば暴力的に追い出され、出たくないと苦痛に泣きわめきながらも、ついには厳しい荒野へと出ていかざるをえない、あの胎内に。

カサカサという音がする。

ネズミが何かを齧《かじ》っている音だろうか。

いや、誰もいない部屋からだ。薄暗い部屋から、そのかすかな音は響いてくる。

剝《は》がれかけた黄色の壁紙。その縁《へり》が吹き抜ける風に揺れているのだろうか。

いや、違う。

壁紙は動いている。

模様の中の、無数の小さな花たちが、羽虫のごとく壁紙の中を動き回っているのだ。

見よ、みるみるうちに整列し、小川の上に落ちた花弁のごとくぐるりと渦を描いて動き出し、壁紙の外へ、床へ、廊下へと――

ああ、こんな景色をかつて。

今にして思えば。

夢の中で、巨大な建造物の中を歩いている。

一歩一歩、夢の中の記憶を探りながら、行ってはいけない場所に近づいていく。

Oのメモには書かれていないけれど、幽霊について考えてみる。

幽霊にいちばん似ているのは、「思い出」ではないかと思う。

思い出。なんとも長閑《のどか》な顔をしている、なんとも恐ろしい言葉。個人的で、主観的で、決して他者と共有できない、そのくせ誰もが知っているような気がする、生温かくて居心地のよさげな言葉。けれど、「思い出」を解体していくと幻想の過去が別の顔を見せ、見知らぬ過去が現在を圧倒する。

今にして思えば。

幽霊は、思い出に似ている。

気が付くとうとうとしていた。

今にして思えば。

ところで。

ところで、さっきから、いや、いつからか、ここで「今にして思えば」と繰り返し、ふたつの時制の相克に呑《の》みこまれようとしている、こうしてうつらうつらと移りゆくままの意識に身を委《ゆだ》ねている存在は、いったい誰なのだろう？

何人もの彼や彼女の肩越しに彼らのつづる物語や彼らの読む本を眺め、こうして階段の上の音や風の音を聞いているのは誰か？

もはや彼や彼女の体験、彼や彼女の「思い出」は隅々に染みわたり蓄積し、そこで動き回り呼吸している。


それを「感じている」のは誰か？


黄昏が迫る。

夕暮れの風を感じる。暗い廊下を一陣の風が吹き抜ける。

ポーチに息づかいを感じる。ブランコのきしむ音。

窓の向こうに立つ、葉を落とした木の影が濃い。

これは幻だろうか。これもまた、誰かの見ている夢、誰かが気まぐれに接続する夢の世界なのか。どちらがどちらを夢見ているのか。

Oの残したメモが風に揺れ、机の上から舞い上がる。

黄ばみ、丸まり、やがては粉々になってしまうところが見える。すべてが砂となって、壁紙や床の羽目板の上に降り積もる歳月が。

かつてOの肩越しに読んだ本の一節を思い出す。

世界は人類なしに始まったし、人類なしで終わるだろう。

彼は間違っていた。

今も世界は彼や彼女の思い出に満たされ、生者も死者もここに存在し続けている。

何より、ここで人間たちの姿をうつらうつらと永遠に夢見続けている存在がある。

これは彼らが造り上げたものなのだろうか？　これ自体が彼らの「思い出」なのだろうか。

壁紙がカサカサと鳴り、遠くで笑い声が聞こえる。

ゆっくりと、橙色《だいだいいろ》に滲《にじ》んだ光が、床の羽目板の上を移動していく。

もはや、そんなことなどどうでもよい。ここでの時間は連続しているし、いくらでも時間はある。うつらうつらしながら、この丘の上で、過去や未来から、あるいは別のどこかから、誰かが接続してくるのを待ち続ければいい。

彼と彼女たちの思い出のために。

無数に個人的で主観的な、彼と彼女たちの思い出のために。

文庫ダ・ヴィンチ版あとがき

恩田　陸

子供の頃に読んだ本に、ルーマー・ゴッデンの『人形の家』というのがある。とあるドールハウスに「住む」人形たちが擬似家族を作って暮らしているのだが、そこにある日高慢で邪悪な人形がやってきて、そのささやかな共同体が壊される、という児童文学にしては妙に意味深な、ざらりとした手触りの物語だったと記憶している。

ドールハウスというのは、なんとなく怖い。神の視点から家の中の人形を見下ろしていると、同時に自分を見下ろす冷徹な存在を感じ、人形の家と自分のいる世界とが入れ子状態になっていることを意識するからかもしれない。

一方で、人間にはものごころついた頃から、人形やドールハウスやジオラマに至るまで、「家」を手にしたい、世界を俯瞰《ふかん》したいという欲望が存在しているように思う。

私が子供の頃に映画『エクソシスト』が公開され、いっときオカルト映画ブームというのがあったのだが、それと微妙に重なって、幽霊屋敷もの映画とその原作が続けて出たことがあった。といっても、リチャード・マシスン原作の『ヘルハウス』とロバート・マラスコ原作の『家』という二作だけだけど。原作の『地獄の家』はめちゃめちゃ面白かったが、『家』は今イチ。そういえば、日本でも大林宣彦《おおばやしのぶひこ》が『HOUSEハウス』というキッチュな怪作を撮ったのもこの頃だったような気がする。

こちらは全くブームにならなかったのだが、どういうわけか私はこの二作に強く反応した。その証拠に、その後、個人的な幽霊屋敷ブームがしばらく続き、そういう作品を探して読むようになった。シャーリイ・ジャクスン『山荘綺談』、エリザベス・ボウエン『パリの家』、ダフネ・デュ・モーリア『レベッカ』、更には館もの繋《つな》がりで小栗虫太郎《おぐりむしたろう》『黒死館殺人事件』、スティーヴン・キングの『シャイニング』まで続く。東京ディズニーランドでいちばん好きなアトラクションはホーンテッドマンションだ。

まさか自分が正当派「幽霊屋敷」ものを書くとは思いもよらなかった。この『私の家では何も起こらない』は、子供の頃からさんざん見たり読んだりしてきた「お屋敷もの」の集大成でもある。丘の上にぽつんとそびえる洋館は、物語の中では常に何かの境界線だった。『ちいさいおうち』に始まり、ブラッドベリの『塵よりよみがえり』、クリフォード・シマック『中継ステーション』、萩尾《はぎお》望《も》都《と》『キャベツ畑の遺産相続人』、手《て》塚《づか》治虫《おさむ》『0次元の丘』、などなど。

この世に人が住む家はすべて幽霊屋敷、というのは私の持論である。この小説の中のお屋敷に、恐ろしい物語や不思議な物語を読者それぞれが好きに見出《みいだ》していただければ本望である。

二〇一三年一月

恩田　昔から「お屋敷もの」の小説、映画、少女マンガ好きだったんです。今回の作品ではその影響がストレートに出ていますね。荒野があって、丘があって、美少年が出てきて、というようにいかにもなお屋敷ものを一度やってみたかったんです。

名久井　読ませていただいて感じたのは、ひんやりとした怖さ。血が流れて悲鳴があがって、みたいなホラー映画的なものとは全然違う、そこはかとない怖さです。穏やかな生活の奥に恐ろしいものがひっそりと隠れていて、その気配だけが伝わってきました。

恩田　お屋敷って安らぎと怖さが入り交じった場所ですよね。バーネットの『秘密の花園』だって、ちょっと怪談っぽいところがある。そういうお屋敷ものならではのムードが出せたらと思ったんですよ。

名久井　このタイトルも怖いんですよね。「何も起こらない」って本当に起こらないなら、こんなこと言うわけがない（笑）。大嘘つきが「嘘なんてついていませんよ」としれっと言い切っているようで、落ち着かない気持ちになりますよ。

恩田　正直者はわざわざそう断言しませんからね。

名久井　はっきり書かれてはいませんが、このお屋敷はイギリスにあるんですか？

恩田　イギリスかアイルランドでしょうね。英国児童文学が大好きでしたから、イギリスへの憧《あこが》れっていうのが根深くあるんです。といっても、別にアメリカでも構わない。この曖昧《あいまい》なあたりが少女マンガっぽいでしょ（笑）。怪談専門誌『幽』に連載していましたから、他の作家さんたちと区別するために、外国を舞台にしたという事情もあります。

名久井　いろいろなエピソードが絡みあっている作品ですが、最初から構想を全部決めて書かれるんですか？

恩田　すごく大ざっぱにしか決めていません。いくつもの短編が連なって幽霊屋敷の年代記になるという大枠の設定と、こんな事件が起きるんだろうなというアイデアだけで。

名久井　これは連載で読むよりも、本でまとめて読んだほうが怖い気がするんです。連載時にはあっさりしていると感じた短編でも、他のエピソードと繫《つな》がることで違った読後感が生まれます。個人的には「私は風の音に耳を澄ます」が印象的でした。いかにも海外のものらしいチェック柄の蓋《ふた》の、大きなジャムの壜《びん》が頭に浮かんできて。

恩田　グロテスクなところがあっても、外国が舞台だと寓話《ぐうわ》的になったりしますもんね。私は大工の親子が出てくる「俺と彼らと彼女たち」が好きなんです。お化けと共存している感じが『アダムス・ファミリー』みたいだなあ、と。ホラー映画ってご覧になりますか？

名久井 『アダムス・ファミリー』は大好きですけど、スプラッター系は苦手ですね。小心者なのでハラハラするような映画も駄目。テレビで『ダイ・ハード』を観ていて気分が悪くなったことがあるんですよ。緊張し過ぎてしまって。

恩田 それはすごい（笑）。

名久井 怪談を書かれていて、背筋がゾッとするようなことってありませんか？

恩田 怖い話を書いている時って、意外に冷静なんですよ。この作品でも平気でした。でも前に一度だけ、すごく怖い思いをしたことはあります。大長編の追い込みを横浜《よこはま》の某ホテルでやっていたんですが、部屋の雰囲気がなんだか妙なんですよ。クロゼットのあたりから人の気配がしていて。電気を点《つ》けたまま寝たのはあれが初めてです。

名久井 編集さんが隠れていたわけではないんですよね（笑）。

恩田 以前から名久井さんの作品は拝見していたんですが、若い女性向けのお洒落《しゃれ》な本が多いから、私にはご縁がないかな、と思っていて。

名久井　そんなことないんですよ。ジャズとか哲学とか堅めの本も多いんです。

恩田　そうなんですよね。はっきり名久井さんにお願いしたいな、と思ったのは長嶋《ながしま》有《ゆう》さんの『ねたあとに』なんです。小説としても傑作なんですけど、デザインがまた素晴らしくって。今回は女性のデザイナーさんにお願いしたかったんです。

名久井　恩田さんのご本の装丁はバラエティに富んでいますよね。

恩田　いろいろなジャンルで書いてきて良かったと感じることのひとつですね。ブックデザインをするうえで、これまでの作家の著作って意識するんですか？

名久井　やっぱりします。書店に並ぶ場合、その作家さんのコーナーに並ぶわけですから。違和感がないように、隣近所に気を遣うという感じですね。

恩田　当初は洋館のイラストを入れてもらいたい、と思ってたんですよね。お屋敷ものならカバーも当然お屋敷でしょう、と単純に（笑）。

名久井　作品を読んでいると、洋館の外観はくっきり浮かんでくるので、カバーではその内側を見せてみようかな、と。上野《うえの》リチさんの壁紙に、この家にありそうな道具類の絵を布川愛子《ふかわあいこ》さんに描いてもらいました。

恩田　よく見ると、タイトルの囲みが窓枠になっていますね。本がまるごと一軒のお屋敷みたい。エレガントでクラシカルで、どこか不穏なものも漂っていて、素晴らしいデザインだと思います。

名久井　ありがとうございます。実は私も少女マンガが大好きなんです。山岸涼子さん、三原順《みはらじゅん》さん、内田善美《うちだよしみ》さんなど、しょっちゅう読み返してしまいます。

恩田　今回の作品と内田さんの『星の時計の Liddell』はかなり通じるところがあるんですよ。

名久井　少女マンガ好きだったおかげで、作品の世界観をすんなりイメージできました。「少女マンガならこうなるよね」と納得したり、描かれていないところまで想像ができたり。

恩田　少女マンガで鍛えられてたんだ（笑）。

名久井　ブックデザインをするときはいつも、作家さんの世界に、自分の中のある部分を接近させようとするんです。今回は少女マンガという下地があったので、それがスムーズにできましたね。

本対談は、「ダ・ヴィンチ」二〇一〇年二月号「『私の家では何も起こらない』発売記念対談」を再編集したものです。

本作品は二〇一〇年一月に幽BOOKSとして、二〇一三年二月にMF文庫ダ・ヴィンチとして刊行されたものに加筆・修正のうえ、再編集したものです。

本作品はフィクションであり、実在の人物、団体とは一切関係ありません。

私《わたし》の家《いえ》では何《なに》も起《お》こらない

恩田《おんだ》 陸《りく》

平成28年 11月25日　初版発行

発行者●郡司 聡

発行●株式会社KADOKAWA
〒102-8177　東京都千代田区富士見2-13-3
電話 0570-002-301（カスタマーサポート・ナビダイヤル）
受付時間 9:00〜17:00（土日 祝日 年末年始を除く）
http://www.kadokawa.co.jp/

角川文庫 20053

印刷所●株式会社暁印刷　製本所●株式会社ビルディング・ブックセンター

表紙画●和田三造

ISBN978-4-04-104640-1　C0193

角川文庫発刊に際して

角川源義

第二次世界大戦の敗北は、軍事力の敗北であった以上に、私たちの若い文化力の敗退であった。私たちの文化が戦争に対して如何に無力であり、単なるあだ花に過ぎなかったかを、私たちは身を以て体験し痛感した。西洋近代文化の摂取にとって、明治以後八十年の歳月は決して短かすぎたとは言えない。にもかかわらず、近代文化の伝統を確立し、自由な批判と柔軟な良識に富む文化層として自らを形成することに私たちは失敗して来た。そしてこれは、各層への文化の普及滲透を任務とする出版人の責任でもあった。

一九四五年以来、私たちは再び振出しに戻り、第一歩から踏み出すことを余儀なくされた。これは大きな不幸ではあるが、反面、これまでの混沌・未熟・歪曲の中にあった我が国の文化に秩序と確たる基礎を齎らすためには絶好の機会でもある。角川書店は、このような祖国の文化的危機にあたり、微力をも顧みず再建の礎石たるべき抱負と決意とをもって出発したが、ここに創立以来の念願を果すべく角川文庫を発刊する。これまで刊行されたあらゆる全集叢書文庫類の長所と短所とを検討し、古今東西の不朽の典籍を、良心的編集のもとに、廉価に、そして書架にふさわしい美本として、多くのひとびとに提供しようとする。しかし私たちは徒らに百科全書的な知識のジレッタントを作ることを目的とせず、あくまで祖国の文化に秩序と再建への道を示し、この文庫を角川書店の栄ある事業として、今後永久に継続発展せしめ、学芸と教養との殿堂として大成せんことを期したい。多くの読書子の愛情ある忠言と支持とによって、この希望と抱負とを完遂せしめられんことを願う。

一九四九年五月三日

角川文庫ベストセラー

雪月花黙示録　恩田陸

私たちの住む悠久のミヤコを何者かが狙っている……！　謎×学園×ハイパーアクション。恩田陸の魅力全開、ゴシック・ジャパンで展開する『夢違』『夜のピクニック』以上の玉手箱!!

バッテリー　全六巻　あさのあつこ

中学入学直前の春、岡山県の県境の町に引っ越してきた巧。ピッチャーとしての自分の才能を信じ切る彼の前に、同級生の豪が現れ!?　二人なら「最高のバッテリー」になれる！　世代を超えるベストセラー!!

福音の少年　あさのあつこ

小さな地方都市で起きた、アパートの全焼火事。そこから焼死体で発見された少女をめぐって、明帆と陽、ふたりの少年の絆と闇が紡がれはじめる――。あさのあつこ渾身の物語が、いよいよ文庫で登場!!

ラスト・イニング　あさのあつこ

大人気シリーズ「バッテリー」屈指の人気キャラクター・瑞垣の目を通して語られる、彼らのその後の物語。新田東中と横手二中。運命の試合が再開された！　ファン必携の一冊！

晩夏のプレイボール　あさのあつこ

「野球っておもしろいんだ」――甲子園常連の強豪高校でなくても、自分の夢を友に託すことになっても、女の子であっても、いくつになっても、関係ない……野球を愛する者、それぞれの夏の甲子園を描く短編集。

角川文庫ベストセラー

かんかん橋を渡ったら　あさのあつこ

中国山地を流れる山川に架かる「かんかん橋」の先には、かつて温泉街として賑わった町・津雲がある。そこで暮らす女性達は現実とぶつかりながらも、精一杯生きていた。絆と想いに胸が熱くなる長編作品。

セブンティーン・ガールズ　編／北上次郎

稀代の読書家・北上次郎が思春期後期女子が主人公の小説を厳選。大島真寿美、豊島ミホ、中田永一、宮下奈都、森絵都の作品を集めた青春小説アンソロジー。

青に捧げる悪夢　岡本賢一・乙一・恩田 陸・小林泰三・近藤史恵・篠田真由美・瀬川ことび・新津きよみ・はやみねかおる・若竹七海

その物語は、せつなく、時におかしくて、またある時はおぞましい――。背筋がぞくりとするようなホラー・ミステリ作品の饗宴！　人気作家10名による恐くて不思議な物語が一堂に会した贅沢なアンソロジー。

天地明察 (上)(下)　冲方 丁

4代将軍家綱の治世、日本独自の暦を作る事業が立ち上がる。当時の暦は正確さを失いずれが生じ始めていた――。日本文化を変えた大計画を個の成長物語として瑞々しく重厚に描く時代小説！　第7回本屋大賞受賞作。

はなとゆめ　冲方 丁

28歳の清少納言は、帝の妃である17歳の中宮定子様に仕え始めた。宮中の雰囲気になじめずにいたが、定子様に導かれ、才能を開花させる。しかし藤原道長と定子様の政争が起こり……魂ゆさぶる清少納言の生涯！

角川文庫ベストセラー

D坂の殺人事件　江戸川乱歩

名探偵・明智小五郎が初登場した記念すべき表題作を始め、推理・探偵小説から選りすぐって収録。自らも数々の推理小説を書き、多くの推理作家の才をも発掘してきた大乱歩の傑作の数々をご堪能あれ。

作家の履歴書
21人の人気作家が語るプロになるための方法　大沢在昌他

作家になったきっかけ、応募した賞や選んだ理由、発想の原点はどこにあるのか、実際の収入はどんな感じなのか、などなど。人気作家が、人生を変えた経験を赤裸々に語るデビューの方法21例！

赤×ピンク　桜庭一樹

深夜の六本木、廃校となった小学校で夜毎繰り広げられる非合法ファイト。闘士はどこか壊れた、でも純粋な少女たち——都会の異空間に迷い込んだ彼女たちのサバイバルと愛を描く、桜庭一樹、伝説の初期傑作。

推定少女　桜庭一樹

あんまりがんばらずに、生きていきたいなぁ、と思っていた巣籠カナと、自称「宇宙人」の少女・白雪の逃避行がはじまった——桜庭一樹ブレイク前夜の傑作、幻のエンディング3パターンもすべて収録!!

砂糖菓子の弾丸は撃ちぬけない
A Lollypop or A Bullet　桜庭一樹

ある午後、あたしはひたすら山を登っていた。そこにあるはずの、あってほしくない「あるもの」に出逢うために——子供という絶望の季節を生き延びようとあがく魂を描く、直木賞作家の初期傑作。

角川文庫ベストセラー

陰悩録
リビドー短篇集
筒井康隆

風呂の排水口に○○タマが吸い込まれたら、自慰行為のたびにテレポートしてしまったら、突然家にやってきた弁天さまにセックスを強要されたら。人間の過剰な「性」を描き、爆笑の後にもの哀しさが漂う悲喜劇。

夜を走る
トラブル短篇集
筒井康隆

アル中のタクシー運転手が体験する最悪の夜、三ヵ月以上便通のない男の大便の行き先、デモに参加した女子大生を匿う教授の選択……絶体絶命、不条理な状況に壊れていく人間たちの哀しくも笑える物語。

佇むひと
リリカル短篇集
筒井康隆

社会を批判したせいで土に植えられ樹木化してしまった妻との別れ。誰も関心を持たなくなったオリンピックで黙々と走る男。現代人の心の奥底に沈んでいた郷愁、感傷、抒情を解き放つ心地よい短篇集。

ビアンカ・オーバースタディ
筒井康隆

ウニの生殖の研究をする超絶美少女・ビアンカ北町。彼女の放課後《オーバースタディ》は、ちょっと危険な生物学の実験研究にのめりこむ、生物研究部員。そんな彼女の前に突然、「未来人」が現れて——！

にぎやかな未来
筒井康隆

「超能力」「星は生きている」「最終兵器の漂流」「怪物たちの夜」「007入社す」「コドモのカミサマ」「無人警察」「にぎやかな未来」など、全41篇の名ショートショートを収録。

角川文庫ベストセラー

ナミヤ雑貨店の奇蹟　東野圭吾

あらゆる悩み相談に乗る不思議な雑貨店。そこに集う、人生最大の岐路に立った人たち。過去と現在を超えて温かな手紙交換がはじまる……張り巡らされた伏線が奇蹟のように繋がり合う、心ふるわす物語。

きまぐれ星のメモ　星新一

日本にショート・ショートを定着させた星新一が、10年間に書き綴った100編余りのエッセイを収録。創作過程のこと、子供の頃の思い出――。簡潔な文章でひねりの効いた内容が語られる名エッセイ集。

きまぐれロボット　星新一

お金持ちのエヌ氏は、博士が自慢するロボットを買い入れた。オールマイティだが、時々あばれたり逃げたりする。ひどいロボットを買わされたと怒ったエヌ氏は、博士に文句を言ったが……。

ちぐはぐな部品　星新一

脳を残して全て人工の身体となったムント氏。ある日、外に出ると、そこは動くものが何ひとつない世界だった(「凍った時間」)。SFからミステリ、時代物まで、バラエティ豊かなショートショート集。

きまぐれ博物誌　星新一

新鮮なアイディアを得るには？　プロットの技術を身に付けるコツとは――。「SFの短編の書き方」を始め、ショート・ショートの神様・星新一の発想法が垣間見える名エッセイ集が待望の復刊。

角川文庫ベストセラー

宇宙の声　星　新一

あこがれの宇宙基地に連れてこられたミノルとハルコ。"電波幽霊"の正体をつきとめるため、キダ隊員とロボットのプーボと訪れるのは不思議な惑星の数々。広い宇宙の大冒険。傑作SFジュブナイル作品！

おかしな先祖　星　新一

にぎやかな街のなかに突然、男と女が出現した。しかも裸で。ただ腰のあたりだけを葉っぱでおおっていた。アダムとイブと名のる二人は大マジメ。テレビ局が二人に目をつけ、学者がいろんな説をとなえて……。

鴨川ホルモー　万城目　学

このごろ都にはやるもの、勧誘、貧乏、一目ぼれ——謎の部活動「ホルモー」に誘われるイカキョー（いかにも京大生）学生たちの恋と成長を描く超級エンタテインメント!!

ホルモー六景　万城目　学

あのベストセラーが恋愛度200％アップして帰ってきた！……千年の都京都を席巻する謎の競技ホルモー、それに関わる少年少女たちの、オモシロせつない恋模様を描いた奇想青春小説！

かのこちゃんとマドレーヌ夫人　万城目　学

元気な小1、かのこちゃんの活躍。気高いアカトラの猫、マドレーヌ夫人の冒険。誰もが通り過ぎた日々が輝きとともに蘇り、やがて静かな余韻が心に染みわたる。奇想天外×静かな感動＝万城目ワールドの進化！

角川文庫ベストセラー

氷菓　米澤穂信

「何事にも積極的に関わらない」がモットーの折木奉太郎だったが、古典部の仲間に依頼され、日常に潜む不思議な謎を次々と解き明かしていくことに。角川学園小説大賞出身、期待の俊英、清冽なデビュー作！

愚者のエンドロール　米澤穂信

先輩に呼び出され、奉太郎は文化祭に出展する自主制作映画を見せられる。廃屋で起きたショッキングな殺人シーンで途切れたその映像に隠された真意とは!?大人気青春ミステリ、〈古典部〉シリーズ第2弾！

クドリャフカの順番　米澤穂信

文化祭で奇妙な連続盗難事件が発生。盗まれたものは碁石、タロットカード、水鉄砲。古典部の知名度を上げようと盛り上がる仲間達に後押しされて、奉太郎はこの謎に挑むはめに。〈古典部〉シリーズ第3弾！

遠まわりする雛　米澤穂信

奉太郎は千反田えるの頼みで、祭事「生き雛」へ参加するが、連絡の手違いで祭りの開催が危ぶまれる事態に。その「手違い」が気になる千反田は奉太郎とともに真相を推理する。〈古典部〉シリーズ第4弾！

ふたりの距離の概算　米澤穂信

奉太郎たちの古典部に新入生・大日向が仮入部する。だが彼女は本入部直前、辞めると告げる。入部締切日のマラソン大会で、奉太郎は走りながら心変わりの真相を推理する！〈古典部〉シリーズ第5弾。